ABBY HALL

LA VIE EN MAUVE

Il y a du nouveau dans l'air

Lisez tous mes livres!

ABBY H, ou LA VIE EN MAUVE

Il y a du nouveau dans l'air

ANNE MAZER

Texte français de Marie-Andrée Clermont

Éditions
SCHOLASTIC

Catalogage avant publication de Bibliothèque
et Archives Canada

Mazer, Anne
Il y a du nouveau dans l'air / Anne Mazer;
texte français de Marie-Andrée Clermont.
(Abby H. ou la vie en mauve)

Traduction de : Everything New Under the Sun.
Pour les 8-12 ans.
ISBN 0-439-94067-2

I. Clermont, Marie-Andrée II. Titre. III. Collection :
Mazer, Anne Abby H. ou la vie en mauve.

PZ23.M4499Il 2006   j813'.54   C2005-907501-5

Édition publiée par les Éditions Scholastic,
604, rue King Ouest, Toronto (Ontario) M5V 1E1.

5 4 3 2 1   Imprimé au Canada   06 07 08 09

À Madeline,
du nouveau dans l'air

Chapitre 1

Mardi

L'absence intensifie
les sentiments.

Calendrier des jeux de société

C'est vrai?

Cas numéro 1 :
Jessica, la meilleure amie d'Abby, est absente depuis trois mois. Elle est en Oregon, où elle rend visite à son père, à la nouvelle femme de celui-ci et à ses deux demi-sœurs, Danielle et Dakota.
L'absence de Jessica a-t-elle intensifié ses sentiments envers Abby?

Ce que Jessica aimait avant son départ :
1. Le dessin
2. L'astronomie
3. Les maths et les sciences

4. Les farces, les salopettes, les t-shirts rayés, les boutons représentant des bonshommes sourires

5. Passer du temps avec sa meilleure amie Abby et son autre meilleure amie Nathalie

<u>Ce que Jessica aime, maintenant</u> :

1. Les garçons
2. Les fêtes
3. La poudre scintillante et le maquillage pour le visage
4. La danse
5. Passer du temps avec Danielle et ses amis

<u>À quelle fréquence Abby reçoit-elle des nouvelles de Jessica?</u>

De temps en temps.

<u>À quelle fréquence Jessica dit-elle qu'elle s'ennuie d'Abby?</u>

Presque jamais.

<u>À quelle fréquence Jessica dit-elle qu'elle adore rester avec son père et sa nouvelle famille?</u>

Tout le temps (chaque fois que je réussis à lui parler).

Jessica va rester en Oregon jusqu'à la fin de

l'année scolaire!!! (Ce n'est même pas elle qui me l'a dit. C'est sa mère qui a annoncé la nouvelle à papa au téléphone.)

Conclusion :

L'absence a fait oublier à Jessica les sentiments qu'elle avait envers Abby. Elle a même changé son nom pour Jessy.

Cas numéro 2 :

L'absence de Jessica a-t-elle intensifié les sentiments d'Abby?

Ce qui me manque à moi, Abby :

1. Une meilleure amie à qui parler si j'ai des soucis ou quand je suis triste, joyeuse ou surprise

2. Aller passer la nuit chez ma meilleure amie ou l'inviter à passer la nuit chez moi

3. Une meilleure amie à qui confier mes secrets

4. Des randonnées à vélo ou en patins à roues alignées avec ma meilleure amie

5. Une meilleure amie qui m'aide à faire mes devoirs de maths

Serai-je capable de confier des secrets à Jessy?

Voudra-t-elle faire du vélo avec moi, comme avant? Va-t-elle m'aider à faire mes devoirs de maths?

Ou alors va-t-elle se mettre à ricaner à propos des garçons, me montrer ses flacons de poudre scintillante pour le visage et me casser les oreilles en parlant sans cesse de danses et de fêtes?

<u>De qui Abby s'ennuie-t-elle?</u>

1. De la vieille Jessica.

<u>De qui Abby ne s'ennuie-t-elle pas?</u>

1. De la nouvelle Jessy.

<u>Conclusion :</u>

L'absence a embrouillé les sentiments d'Abby envers Jessica! Qui est la vraie Jessica? Comment mes sentiments peuvent-ils s'intensifier envers quelqu'un que je ne connais même plus?

P.-S. : Ce sera bientôt mon anniversaire. Comment le célébrer sans ma meilleure amie?

Mme Doris, enseignante de cinquième année – la classe d'Abby –, jette un œil à sa montre.

— C'est l'heure de ramasser vos affaires, annonce-t-elle. Il reste dix minutes avant la dernière sonnerie.

— Hourra! J'ai tellement hâte! s'écrie Béthanie en se tournant vers Nathalie. Après l'école, je vais monter mon cheval et me promener jusqu'à ce qu'il fasse noir.

— Épatant! dit Nathalie, en passant les mains dans sa courte chevelure noire. Sauf que moi, j'aurais peur de monter à cheval, avoue-t-elle.

— Pas si tu montais avec moi, assure Béthanie, qui adore toutes les espèces animales, des hamsters aux vaches en passant par les lapins. Ma jument est très douce, ajoute-t-elle. Elle s'appelle Étoile brillante.

— Tu parles de moi? interrompt Brianna, main sur la hanche.

Comme d'habitude, celle-ci est vêtue à la dernière mode. Aujourd'hui, elle porte une minijupe rose surmontée d'un débardeur argenté.

— Je *suis* une étoile brillante.

Il n'y a pas si longtemps, Béthanie était la meilleure amie de Brianna, et même sa plus grande admiratrice. Elle s'écriait « Ouais, Brianna! » et « Tu es la meilleure! » chaque fois que Brianna fanfaronnait.

Mais Béthanie a fini par se lasser d'être la meneuse de claque personnelle de Brianna. Et maintenant, c'est à peine si elle lui adresse la parole.

— Je répète une pièce de théâtre après l'école,

annonce Brianna, après quoi j'ai un cours privé de conversation anglaise.

— Ah bon, dit Béthanie. Vraiment?

Elle sort son carnet de son pupitre, puis se tourne vers Nathalie.

— Veux-tu venir avec moi, ce soir? lui demande-t-elle. Je sais que tu aimerais Étoile brillante.

— Impossible, dit Nathalie. Je magasine avec ma mère. Je vais avoir de nouvelles chaussures.

Elle pointe le doigt vers les chaussures de sport qu'elle a aux pieds, blanches et maculées de peinture. L'une est trouée, de sorte qu'on peut voir son petit orteil, et l'autre est usée jusqu'à la corde.

— Une autre paire comme celle-ci? demande Béthanie.

— Bien sûr, dit Nathalie.

Brianna regarde ses propres bottines toutes luisantes.

— Tu devrais aller chez Chaussures superbes, conseille-t-elle. C'est là où on trouve ce qui se fait de mieux en souliers et bottines.

— On va aller à l'Entrepôt de chaussures à prix réduit, dit Nathalie.

— C'est là où j'ai acheté ça, dit Abby en agitant ses orteils dans ses souliers mauves.

— Ils sont tellement mignons! s'extasie Béthanie.

— *Ils sont tellement mignons!* répète Mason d'une voix moqueuse.

Abby essaie de penser à une bonne réplique, mais

la dernière sonnerie retentit au même moment.

— Finie, l'école! s'écrient Nathalie et Béthanie en se tapant dans la main.

Abby fouille dans l'amas de papiers sous son pupitre et sort les livres qu'elle doit apporter chez elle.

— Il va falloir que je fasse des devoirs en rentrant chez moi, et encore d'autres après souper, gémit-elle en s'adressant à Mason.

— La semaine de relâche s'en vient! répond celui-ci. Pas de devoirs pendant sept jours!

— Prenez vos manteaux et sortez de façon ordonnée, dit Mme Doris.

Tous les élèves de cinquième année se ruent vers le vestiaire.

Abby attrape son manteau et se dirige vers la porte.

Avant, elle aurait attendu Jessica et Nathalie, et les trois filles auraient fait route ensemble pour rentrer à la maison. Mais maintenant, Jessica n'est plus là et Nathalie et Béthanie sont devenues de bonnes amies. Elles passent plus de temps ensemble qu'avec Abby.

Parfois, Abby fait du vélo ou du patin à roues alignées avec Casey, un élève de l'autre cinquième année. Casey est un garçon, mais il n'est pas le petit ami d'Abby. Elle fait encore des activités avec Nathalie et Béthanie – mais pas aussi souvent qu'avant le départ de Jessica.

C'est bon d'avoir des copains, mais Abby s'ennuie de ne plus avoir de meilleure amie.

Abby vient à peine d'ouvrir la porte que son jeune frère se précipite vers elle.

— Abby! s'écrie Alex. Tu as reçu une lettre!

— De Jessica? demande Abby, pleine d'espoir.

Alex fait non de la tête et agite l'enveloppe sous le nez de sa sœur : une enveloppe mauve et luisante, toute décorée d'illustrations représentant des bottes et des lacets, au recto et au verso.

Abby devine tout de suite de qui elle provient.

— C'est grand-maman Emma qui m'écrit! s'exclame-t-elle.

Grand-maman Emma est la personne qu'Abby aime le plus dans toute sa parenté. Elle envoie des lettres dans des enveloppes qu'elle fabrique à la main, à même les pages de magazines. Elle collectionne les salières et les poivrières en forme d'animaux, de personnages et d'édifices célèbres. Elle envoie des calendriers à Abby pour son anniversaire.

La collection de calendriers d'Abby a une fameuse réputation dans la classe de cinquième année. Certains sont anciens, d'autres, nouveaux, d'autres représentent des animaux, des plantes ou des pierres; certains contiennent des dates historiques, d'autres sont humoristiques ou encore remplis d'œuvres d'art ou de paysages; certains sont des calendriers musicaux...

— Ouvre la lettre, ordonne Alex.

— Ta chemise est boutonnée de travers, dit Abby.

— Et alors?

Alex porte souvent des bas non assortis et des chemises à l'envers. Une fois, il est même allé à l'école en pyjama. Cela ne le dérange pas le moins du monde.

Abby ouvre l'enveloppe avec précaution et en retire une feuille de papier aux couleurs de l'arc-en-ciel.

— Lis-la tout haut, insiste Alex en regardant par-dessus l'épaule de sa sœur.

Abby tire la lettre vers elle.

— Espèce de curieux! le réprimande-t-elle. C'est pour moi, pas pour toi.

Alex fait semblant de bouder.

— Bon, bon, d'accord, dit Abby. Je vais la lire à haute voix.

Chère Abby,

Pendant que j'écris cette lettre, assise sur un banc de parc, Zipper chasse les écureuils et les force à grimper au haut des arbres. C'est une journée douce et ensoleillée, et des crocus poussent le long de l'allée. Cet après-midi, je vais passer le râteau dans mon jardin.

Est-ce que ça te tenterait de me rendre visite pendant la semaine de relâche?

Abby interrompt sa lecture.

— Oui! crie-t-elle, en donnant un coup de poing dans l'air. Grand-maman Emma est le rayon de soleil de ma journée! Je veux dire, ma semaine! ajoute-t-elle.

— Pas juste! proteste Alex, mais il sourit lui aussi.

— C'est *mon* tour d'aller chez grand-maman Emma, lui rappelle Abby.

L'année dernière, la sœur d'Abby, Éva, a pris l'avion pour aller passer quelque temps chez grand-maman Emma, toute seule. L'année précédente, ç'avait été Isabelle, son autre sœur. Éva et Isabelle sont des jumelles de 14 ans.

— Quand tu seras assez vieux, tu iras, toi aussi, dit Abby à son frère avant de retourner à sa lecture.

Ta cousine Cléo viendra chez moi, elle aussi. Ses parents s'en vont à Londres pour une semaine. Elle va s'inscrire à un atelier art et culture, ici, en ville. Voudrais-tu te joindre à elle? Comme vous avez dix ans et que vous êtes en cinquième année toutes les deux, vous aurez beaucoup de choses en commun.

À la fin de la semaine, nous fêterons ton anniversaire.

Très affectueusement,

Grand-maman Emma

P.-S. : Zipper jappe. Je pense qu'il essaie d'envoyer un message, lui aussi : viens nous voir bientôt!

Chapitre 2

Jeudi

Rien n'est plus difficile,
et par conséquent, plus précieux,
que d'être capable de décider.

Napoléon

Calendrier des conquêtes
continentales

En ce qui me concerne, ce n'est pas difficile de décider quoi faire!

Je veux m'inscrire à un atelier art et culture, et aller chez grand-maman Emma! Je veux célébrer mon anniversaire avec elle!

Même si ma cousine Cléo y est aussi.

Je voudrais bien ne pas avoir à partager grand-maman Emma! Je la veux pour moi toute seule! Mais mieux vaut la partager que de ne pas la voir du tout.

J'ai pris ma décision! C'était facile.

Sauf que mes parents n'ont pas pris la leur. Ils sont inquiets. Ils se demandent si je ne suis pas trop jeune pour prendre l'avion toute seule.

Isabelle et Éva l'ont pourtant fait, elles. Pourquoi pas moi??? Eh bien, parce que, selon maman et papa, mes sœurs avaient alors 12 ou 13 ans, et que je n'en ai que 10.

ET ALORS??????

J'ai une très grande maturité pour mes 10 ans! Et j'aurai un an de plus à la fin de la semaine de relâche.

Il faut absolument que maman et papa me laissent prendre l'avion toute seule!

Sinon, je ne pourrai pas aller voir grand-maman Emma!

Sinon, je devrai passer la semaine de relâche - et mon anniversaire - à la maison, sans ma meilleure amie!

Mme Élisabeth agite une boîte à souliers remplie de bouts de papiers.

— Je vous propose, aujourd'hui, un exercice de création littéraire qui s'appelle « des mots en vrac », annonce-t-elle en souriant.

Il y a quelques années à peine, Mme Élisabeth

gardait les enfants de Mme Doris. Et voilà qu'elle enseigne la création littéraire dans sa classe.

Elle ne paraît pas plus vieille qu'Isabelle ou Éva. Elle porte aujourd'hui une jupe bleu pâle et un chemisier assorti, ainsi que des boucles d'oreilles en argent.

— Chacun de vous va prendre un mot ou deux dans la boîte, enchaîne Mme Élisabeth, et s'en inspirer pour écrire un poème ou une histoire.

— Ouais! s'écrie Abby, enthousiaste.

La création littéraire est sa matière préférée, et Mme Élisabeth, son enseignante favorite.

— Des mots en vrac? relève Brianna en plissant les lèvres. On dirait une vente-débarras.

— Les mots *vente-débarras* sont dans la boîte, rétorque Mme Élisabeth. Peut-être que tu prendras ceux-là, Brianna.

— Je n'achète jamais quoi que ce soit dans des ventes-débarras, madame Élisabeth, proteste Brianna en secouant la tête. Je me procure toujours des vêtements *neufs*.

— Rien de mieux que des ventes-débarras! s'écrie Mason. L'année dernière, j'ai trouvé une planche à roulettes pour 4 $!

— J'adore les ventes-débarras! renchérit Abby.

Elle-même en a organisé une, dans son jardin, et elle a gagné assez d'argent pour s'acheter des patins à roues alignées neufs.

— Brianna déteste les ventes-débarras alors que

Mason et Abby les aiment bien, conclut Mme Élisabeth. Si chacun d'eux écrivait sur ce thème, ils auraient des choses uniques (et bien différentes) à raconter.

Puis elle poursuit :

— Choisissez un mot ou une expression dans la boîte, et voyez ce que cela suscite en vous. Des souvenirs ou des réflexions? Des sentiments ou des idées? Ensuite, écrivez une histoire ou un poème.

— Est-ce qu'on peut faire les deux? demande Abby. Écrire une histoire *et* un poème?

— Si tu en as le temps, répond Mme Élisabeth.

Elle se promène entre les pupitres pour permettre à chaque élève de prendre un bout de papier dans sa boîte à souliers.

— Ne regardez pas avant de piger! conseille-t-elle. Laissez-vous surprendre!

Nathalie, portant aujourd'hui des chaussures de sport blanches, sans aucune tache, prend un papier dans la boîte.

— *Magie*, lit-elle. C'est un de mes mots préférés.

— Plus le mot vous inspire, mieux c'est, déclare Mme Élisabeth.

— Ah! si je pouvais tomber sur le mot *hamster*! dit Béthanie. Je pourrais écrire sur Blondie.

Blondie est le hamster adoré de Béthanie.

Brianna renifle avec mépris.

— C'est rien qu'à ça que tu penses? demande-t-elle.

Sans répondre, Béthanie prend un mot dans la boîte, le regarde rapidement, puis demeure pensive.

C'est au tour de Mason. Il rote, pige et glousse.

— J'en ai un bon! se réjouit-il.

— À toi, Abby, fait Mme Élisabeth en lui tendant la boîte.

Abby ferme les yeux et laisse ses doigts plonger jusqu'au fond. Elle retire un bout de papier et le déplie sur son pupitre. Elle découvre le mot *voyage*.

Voyage. Elle espère que cela fera partie de son avenir. Tiens, si c'était une prédiction?

— Mme Élisabeth, on dirait un biscuit chinois, dit Abby. Du genre de ceux qui contiennent des prédictions.

— Des prédictions? répète Mme Élisabeth. Quelle bonne idée, Abby! Pourquoi n'en écris-tu pas quelques-unes?

Les yeux d'Abby s'allument. Elle saisit une feuille de papier et son stylo mauve.

Voilà ce que j'aime chez Mme Élisabeth. Il me vient un petit bout d'idée et elle en fait quelque chose de plus grand.

Ce sera super amusant d'écrire des prédictions!

J'adore la création littéraire!

Plus que tout, j'adore être dans la classe

de Mme Élisabeth!

Jamais elle ne dit : « Ce n'est pas une bonne idée », ou alors « Calmez-vous et faites votre travail! »

Jamais elle ne se fâche contre un élève qui dit ce qu'il pense.

Elle s'arrange toujours pour que nos idées et nos réflexions paraissent vraiment stimulantes!

Si Mme Élisabeth enseignait la création littéraire toute la journée, jamais je ne voudrais que l'école finisse!!!!

Abby crayonne dans les marges de sa feuille de papier. Et voilà que les idées se mettent à affluer.

Biscuits de voyage

Mangez tout le sac et voyez toutes vos prédictions se réaliser!

Prédiction n° 1 : Vous voyagerez très loin pendant la semaine de relâche.

Prédiction n° 2 : Vous entreprendrez un long périple en avion.

Prédiction n° 3 : De grandes choses attendent ceux qui voyagent.

Prédiction n° 4 : Des voyages s'annoncent dans votre avenir.

Prédiction n° 5 : Les voyages permettent des retrouvailles entre vieux amis et membres de la parenté.

Prédiction n° 6 : De longs voyages portent chance.

Prédiction n° 7 : Une mystérieuse cousine changera votre vie.

Prédiction n° 8 : L'inconnu vous fait signe.

Prédiction n° 9 : Vos parents se montrent coopératifs et vous laissent partir en voyage.

Prédiction n° 10 : Voyagez avec peu de bagages et vous aurez le cœur léger.

Mme Élisabeth jette un œil à l'horloge.

— Dans une minute, nous allons partager nos écrits, annonce-t-elle.

Fronçant les sourcils, Abby se met à griffonner plus vite.

Prédiction n° 11 : Quelle que soit la distance à franchir, voyagez toujours avec le sourire.

Prédiction n° 12 : Les voyages provoquent des surprises.

— C'est fini! annonce Mme Élisabeth. Qui veut lire en premier?

— Moi, dit Brianna.

Elle se lève et se précipite à l'avant de la classe.

— J'ai pris le mot *crépuscule* ou, comme ils disent à Paris, *l'heure bleue.*

— Leur quoi? demande Nathalie.

— L'heure bleue, répète Brianna avec un geste de désinvolture. En France, c'est le nom qu'on donne au crépuscule.

Béthanie lève les yeux au ciel.

— Le crépuscule, enchaîne Brianna, c'est l'heure où mon professeur d'anglais me dit qu'il n'a jamais entendu personne parler avec un meilleur accent que moi. Au crépuscule, je suis souvent sur scène à répéter mon rôle dans la pièce où je joue. J'y tiens un rôle important et je suis la seule jeune personne de toute la distribution – fait remarquable, selon le metteur en scène.

— Ça ne parle pas du crépuscule, murmure Nathalie. Ça parle de Brianna.

— Tout parle de Brianna, chuchote Abby.

Brianna poursuit sa lecture. Il y en a cinq pages.

— Est-ce que c'était une histoire de création littéraire? demande Béthanie à voix basse.

— Non, c'était une annonce publicitaire, répond Abby.

— Ou alors un message politique, renchérit Nathalie.

— Élisez Brianna à la tête du parti Briannique, murmure Abby. Brianna parle anglais, Brianna tient la vedette au théâtre, Brianna fait tout mieux que quiconque…

— Chut! fait Béthanie en lui donnant un coup de coude.

Elle pointe le doigt vers l'avant de la classe où Zach a commencé à lire.

Il a pris le mot *vacances* et en a fait un poème sur les ordinateurs.

De la locution *soupe aux champignons*, Tyler a tiré une histoire portant sur les ordinateurs.

Jonathan a pigé le mot *frénésie* et a inventé, lui aussi, un récit qui parle d'ordinateurs.

Mason rompt enfin la monotonie : à partir du mot *atchoum*, il a décrit la destruction du monde provoquée par un éternuement.

Le tour d'Abby arrive enfin et elle lit ses prédictions de voyage.

— Je regrette de ne pas avoir écrit des prédictions, moi aussi! gémit Béthanie. Que pensez-vous de celle-ci? « Vous réaliserez votre rêve de devenir vétérinaire. » J'avais pris le mot *rêve*.

— Tu rêveras de hamsters toutes les nuits pendant un mois, blague Abby.

Mme Élisabeth lève la main pour obtenir l'attention de la classe.

— J'ai une idée! déclare-t-elle. Notre prochain exercice de création littéraire consistera à écrire des prédictions! Quand nous aurons terminé, nous les mélangerons, puis chacun de nous en pigera une.

— Et si elles se réalisaient pour de vrai? demande Nathalie.

— Ce sera justement l'exercice suivant, répond Mme Élisabeth. Nous raconterons par écrit si les prédictions se sont réalisées ou pas.

Les élèves de cinquième année applaudissent. Un autre travail amusant, proposé par Mme Élisabeth.

« Mme Élisabeth transforme tout en exercice de création littéraire », songe Abby.

Baissant les yeux sur sa feuille de prédictions, elle se demande si certaines d'entre elles vont se réaliser. Elle l'espère bien, en tout cas.

Chapitre 3

Samedi   matin

Ce que tu n'as jamais eu
ne te manquera jamais.

Calendrier des trous de beignes

<u>Eh bien, je ne suis pas d'accord!</u>

Je n'ai jamais passé la semaine de relâche chez grand-maman Emma, mais, si mes parents ne me permettent pas d'y aller, ça va me manquer.

L'occasion de m'envoler toute seule en avion pour la première fois va me manquer.

L'atelier art et culture auquel grand-maman Emma veut m'inscrire va me manquer.

Célébrer mon anniversaire avec grand-maman Emma va me manquer.

(Mais passer du temps avec ma cousine Cléo ne me manquera probablement pas.)

Abby descend l'escalier quatre à quatre et court à la cuisine, d'où proviennent des arômes de café et de pain doré. De la vaisselle sale s'empile dans l'évier.

Son père est en train de vider le lave-vaisselle.

— Donne-moi donc un coup de main, Abby, lui demande-t-il en lui tendant une pile d'assiettes.

— Mais, je...

Sur le point de protester, Abby se ravise. Elle doit se comporter de son mieux si elle veut que ses parents la laissent aller toute seule chez grand-maman Emma.

Elle ouvre l'armoire et range les assiettes propres sur une tablette.

Sa mère parle au téléphone.

— Oui, oui, dit-elle en pianotant sur la table.

Comme à son habitude, le samedi matin, la mère d'Abby porte un pantalon molletonné, un vieux t-shirt et des chaussures de sport.

Du lundi au vendredi, Olivia Hayes travaille de longues heures; elle est avocate. La fin de semaine, elle fait du jogging, du jardinage, et consacre du temps à sa famille. Elle assiste aussi à des compétitions sportives, à des pièces de théâtre et à des répétitions.

« C'est comme avoir deux mères différentes », songe Abby.

Paul Hayes a son bureau à la maison et travaille à son compte comme concepteur de pages Web. Les jeunes Hayes voient leur père plus souvent que leur mère.

— À qui parle-t-elle, papa? demande Abby en chuchotant.

— À la compagnie aérienne, répond Paul Hayes.

— Pour *moi*? demande Abby en criant presque.

Son père pose un doigt sur ses lèvres.

— Sois patiente, dit-il. Nous nous renseignons sur les tarifs et les politiques concernant les mineurs non accompagnés.

— Mineurs, répète Abby. On croirait qu'il s'agit d'une ligue de baseball.

— Le mineur, c'est toi, dit son père en souriant, une fille de 10 ans qui voyage seule. Nous ne sommes pas trop certains...

Il est interrompu par sa femme.

— L'agent demande le numéro de la carte de crédit, dit-elle. Peux-tu me la donner?

— Une carte de crédit? relève Abby.

Son père sort son portefeuille. Il passe les cartes en revue, en retire une et la remet à sa femme.

— Ça veut dire que j'y vais? demande Abby, toute ragaillardie. Es-tu en train de me réserver une place?

Sa mère fait comme si elle n'avait pas entendu. Elle se met à lire son numéro de carte de crédit.

— Patience, répète son père.

Abby grogne.

— D'accord, c'est pour la semaine prochaine, dit sa mère. Un vol direct, pour qu'elle n'ait pas besoin de correspondance. Elle a 10 ans. Sa grand-mère viendra à sa rencontre à l'aéroport.

— J'y vais! hurle Abby en sautant à pieds joints. Hourra!

Olivia Hayes se tourne vers Abby, le doigt sur les lèvres.

— Pardon? dit-elle dans le combiné. Je n'ai pas bien compris. Bon, d'accord. Merci.

Elle raccroche et jette un regard à son mari.

— Bonne nouvelle, dit-elle. Dix ans, ce n'est pas trop jeune pour prendre l'avion tout seul.

— Formidable! dit Paul Hayes.

— Est-ce que ça veut dire…? commence Abby.

— Commence à faire ta valise, lui répond sa mère en souriant. Tu t'en vas chez grand-maman Emma.

— À toi de jouer, dit Abby à Béthanie.

Béthanie ramasse les dés et les agite.

Les trois filles sont assises par terre dans la chambre de Béthanie, autour d'une planche de jeu. Il y a des sacs de bretzels et de maïs soufflé à côté d'elles.

Des illustrations d'animaux – chevaux, hamsters, vaches, canards – ornent les murs, ainsi qu'une affiche représentant Brianna sur une poutre d'équilibre.

Dans sa cage à hamsters de luxe, Blondie somnole sur un tas de bois déchiqueté.

— J'ai 12! s'écrie Béthanie, en avançant son pion sur la planche de jeu. Je te rattrape, Nathalie.

— Personne ne va me rattraper, rétorque Nathalie en

ramassant les dés. J'ai 11! Je suis presque au but!

Abby prend les dés et les transfère d'une main à l'autre.

— Que faites-vous pendant la semaine de relâche? demande-t-elle à ses copines.

Il y a quelques heures, Abby a téléphoné à grand-maman Emma pour lui annoncer la nouvelle. Sa grand-mère était enchantée.

Abby espère que ses amies seront contentes pour elle, elles aussi. Elle ne sait pas très bien pourquoi, mais elle ne leur a pas encore parlé de ce voyage.

— Nathalie et moi, nous nous sommes inscrites à un cours d'équitation pendant la relâche, dit Béthanie en regardant Nathalie.

— Toi aussi? dit Abby à Nathalie, sans cacher son étonnement. Je pensais que tu avais peur des chevaux.

— Avant-hier soir, on est montées à cheval, Béthanie et moi. C'était formidable!

— Épatant, bredouille Abby.

Elle a l'impression d'être tenue à l'écart. Pourquoi ses amies ne l'ont-elles pas invitée à les accompagner?

Elle jette les dés et avance de trois cases. Béthanie joue à son tour et talonne encore plus Nathalie, mais celle-ci obtient un autre 12 et...

— J'ai gagné! s'écrie-t-elle. On en joue une autre?

— Non! répond Béthanie. Tu gagnes tout le temps!

Elle passe le sac de bretzels à Abby.

— Tiens, sers-toi.

— Non merci, dit Abby en secouant la tête.

— Dis donc, Abby, ce sera bientôt ton anniversaire? demande Béthanie. Ça tombe pendant la relâche, non? Est-ce que tu organises une fête?

— Non, pas cette année, répond Abby. Je ne serai pas là.

— Hé, mais je t'ai déjà trouvé le cadeau idéal! proteste Béthanie.

— Garde-le pour l'année prochaine, dit Abby. C'est un calendrier, j'espère. Ça ne me fera rien qu'il soit de l'année précédente.

Nathalie se met à chanter :

— « Il était une fille, qui s'appelait Abby, carabi! Elle avait tant de calendriers, à ne savoir qu'en faire, carabère! »

— Es-tu sûre que c'est la bonne comptine? demande Béthanie à Nathalie pour la taquiner.

— Que tu es nounoune! rigole Nathalie en lui passant le sac de bretzels.

— Je rêve d'avoir tant de chevaux, à ne savoir qu'en faire, dit Béthanie. Ou de hamsters, ajoute-t-elle en jetant un regard affectueux à sa chère petite compagne endormie.

— Alors, où t'en vas-tu? demande Nathalie à Abby.

Abby respire un bon coup.

— Je vais rendre visite à ma grand-maman Emma, dit-elle. Ma cousine Cléo y sera, elle aussi. Notre grand-mère nous a inscrites à un atelier art et culture pendant la semaine de relâche.

— Intéressant, commente Béthanie.

— Oui, renchérit Nathalie. Et elle est comment, ta cousine?

— Je n'en sais rien, répond Abby. La dernière fois que je l'ai vue, j'avais deux ans. Elle m'a renversé un seau de sable sur la tête.

Ses amies éclatent de rire.

— Ses parents sont professeurs, enchaîne Abby. Ils voyagent aux quatre coins du monde. En France, en Espagne, en Inde, au Maroc, en Russie... ma famille ne les voit jamais. Dans les lettres qu'elle m'écrit, ma grand-mère me raconte tout ce que fait Cléo : du théâtre, du piano, de la natation. En plus, elle parle trois langues.

— On jurerait que tu décris Brianna, coupe Nathalie.

— Oh, non! gémit Abby. Il ne me manquerait plus que ça – que je passe mes vacances avec un clone de Brianna.

Et si Cléo était une de ces filles qui font tout à la perfection, hein? Et si elle réussissait à monopoliser toute l'attention de grand-maman Emma? *Et si grand-maman Emma aimait Cléo plus qu'Abby?*

Abby pose sa tête sur ses genoux. Son enthousiasme pour ce voyage, qui lui paraissait si excitant il y a seulement quelques minutes, faiblit tout à coup.

Comme elle regrette que Jessica ne soit pas là : la vieille Jessica, bien sûr, pas la nouvelle Jessy.

La vieille Jessica trouverait les mots pour la rassurer, tant au sujet du voyage qu'au sujet de Cléo.

Abby ferme les yeux et essaie d'entendre la voix de Jessica.

« Cléo s'est sans doute améliorée, depuis le temps », dirait son amie.

« Au moins, elle ne va pas me jeter des seaux de sable sur la tête », pense Abby.

« Et personne ne peut fanfaronner autant que Brianna! » ajouterait Jessica.

« Si Cléo est aussi vantarde que Brianna, se dit Abby, je lui consacrerai une page spéciale dans le *Livre Hayes des records du monde.* »

Abby lève les yeux vers Nathalie et Béthanie. Elles n'essaient pas de lui remonter le moral ou de faire ressortir le côté amusant de la situation. Elles parlent chevaux.

Elles sont toujours ses amies, mais… ce n'est plus pareil depuis le départ de Jessica. Abby se sent parfois isolée, même en leur compagnie.

C'est une bonne chose qu'elle parte loin. « Pourvu que Cléo ne soit pas pire que Brianna! » espère seulement Abby.

Chapitre 4

Vendredi soir

Le bon voyageur ne sait
pas où il va et le parfait voyageur
ne sait pas d'où il vient.

Lin Yutang

Calendrier des montgolfières

Où je vais : chez grand-maman Emma.
D'où je viens : de chez moi.

Est-ce que de savoir où je vais et d'où je
viens fait de moi une mauvaise voyageuse?
J'espère bien que non!!!
Les bons voyageurs savent préparer
leurs bagages.
J'ai fait les miens avec
beaucoup de soin. Tout rentre
à l'intérieur d'une petite valise
à roulettes et d'un sac à dos.

La liste de voyage d'Abby

Jeans et pantalons cargos
T-shirts et chandails
Pyjama à cœurs mauves
Bas, rayés et unis
Sous-vêtements mauves chinés
Imperméable
Chaussures de sport
Brosse à dents et dentifrice
Brosse et colifichets pour les cheveux
Anneaux à oreilles (juste au cas où grand-maman Emma m'emmènerait quelque part pour me faire percer les oreilles)
Journal et stylo mauve
Livre
Pomme, sandwich et barre de friandise pour manger pendant le vol
Argent

DEVINEZ-VOUS OÙ J'ÉCRIS TOUT CECI???

Si vous avez la bonne réponse, vous gagnez un sac gratuit de bretzels et un verre de jus (gracieuseté des lignes aériennes).

(Mais c'est tout ce qu'on nous sert pendant

le vol!! Heureusement que j'ai apporté de la nourriture.)

L'avion est archi-plein. Mon voisin de siège tape sur son ordinateur portable. De l'autre côté de l'allée, une femme dort.

Nous volons au-dessus des nuages. On dirait des oreillers géants. Ça donne envie de cabrioler de l'un à l'autre. Ou d'organiser un combat de nuages-oreillers avec Nathalie et Béthanie.

<u>Encore dix minutes et nous serons arrivés!!!</u>

Plus tard, le vendredi soir

Grand-maman Emma m'attendait quand je suis descendue de l'avion. Ma cousine Cléo était là, elle aussi.

<u>Ma cousine Cléo - description</u>

1. Elle a les cheveux courts, châtains.
2. Elle porte de grosses lunettes sur un visage mince.
3. Ses coudes sont décharnés.
4. Ses ongles sont coupés ras et vernis en bleu foncé.
5. Elle porte une courte jupe rose et un maillot à dos nu.
6. <u>Elle a les oreilles percées</u>!

Ma cousine Cléo - conversation

Abby (amicale) : Formidable! Je n'en reviens pas que tu aies les oreilles percées! Tu en as, de la chance! Tes parents t'ont donné la permission?

Cléo fronce les sourcils sans rien dire.

Abby (insistante) : Je veux dire, euh... tes parents? Ils t'ont permis de te faire percer les oreilles?

Cléo ne répond toujours pas.

Abby : Oh, eh bien... n'en parlons plus.

Cléo (doucement) : Je les ai fait percer pendant qu'ils étaient en voyage.

Abby : Qu'est-ce qu'ils ont dit?

Cléo : Rien. Ils ne s'en sont pas aperçus.

Abby : Chanceuse!

Cléo (sèchement) : Tes parents remarquent sans doute tout ce que tu fais!

Ma cousine Cléo - conclusion

Ce n'est pas un cadeau! (Ah, si quelqu'un d'autre pouvait la prendre - à part grand-maman Emma!)

La meilleure chose au sujet de Cléo (jusqu'ici) :

<u>La pire chose au sujet de Cléo (jusqu'ici)</u> :

Grand-maman Emma pense que c'est la meilleure. (Pourquoi? Pourquoi? <u>Mais pourquoi donc</u>?)

<u>Conversation dans la voiture</u> :

Grand-maman Emma : C'est formidable que mes deux petites-filles de 10 ans préférées soient enfin réunies!

Grand-maman Emma : Vous allez enfin arriver à vous connaître l'une l'autre!

Grand-maman Emma : Zipper est excité, lui aussi. Il voulait m'accompagner à l'aéroport, mais j'ai dû le laisser à la maison.

Grand-maman Emma : Cet atelier art et culture sera des plus intéressants, vous verrez! Vous allez adorer ça!

Grand-maman Emma : Et je sais que vous allez vous lier d'amitié et devenir très proches l'une de l'autre.

Grand-maman Emma : Vous avez tant de choses en commun.

<u>Ce que Cléo a dit</u> :

Ce qu'Abby a dit :

Ce qui s'est passé après cette excitante conversation à trois :

1. Grand-maman Emma a rentré la voiture dans son garage.

2. Elle a coupé le contact et annoncé : « Enfin chez nous! »

3. À l'intérieur, Zipper jappait comme un fou.

4. Grand-maman Emma a déverrouillé la porte. Zipper, un petit chien noir très nerveux, s'est précipité hors de la maison et s'est mis à sauter sur Cléo et moi.

5. Cléo a dit : « Allô, mon beau p'tit pitou-pitou! » (Non, mais ce qu'elle peut être bizarre!)

6. J'ai dit : « Bon chien, Zipper! » (Et Cléo m'a regardée comme si c'était moi qui étais bizarre!)

7. Grand-maman Emma nous a fait entrer pour l'aider à préparer le souper. Elle a demandé à Cléo de laver la laitue pour la salade, et à moi de dresser le couvert.

8. Nous avons soupé. Grand-maman Emma a parlé tout le temps.

P.-S. : La maison de grand-maman Emma est remplie de salières et de poivrières. Il y en a en forme d'édifices (entre autres l'Empire State Building), de chats, de sirènes, de vaches, de champignons, de fusées, d'oiseaux, d'extraterrestres et de souliers. Sa collection de salières et de poivrières est presque aussi impressionnante que ma collection de calendriers!!!

Après le souper, nous avons téléphoné à nos parents respectifs pour leur dire que nous étions arrivées saines et sauves. Personne de ma famille n'était à la maison et j'ai dû laisser un message. (Snif-snif!)

Cléo appelle ses parents Alicia et Robert, et elle leur parle en anglais et en espagnol.

Le grand déballage
par Abby H.

Et maintenant, mesdames et messieurs, voici les deux concurrentes, deux cousines de 10 ans, Abby Hayes et Cléo Wayne!!!

Cléo Wayne occupe le côté gauche de la chambre d'invités.

Elle couchera dans le lit plein de volants roses. (Ha! ha! ha!) Sa tête de lit est une bibliothèque. (Snif-snif! J'en veux une, moi aussi!)

Abby occupe le côté droit.

Elle couchera dans le lit aux fleurs mauves. (Ha! ha! ha!) Une lampe de chevet est fixée à sa tête de lit. (Ha! ha! ha! bis.) Elle pourra lire au lit - ou écrire son journal!

Cléo défait une grosse valise verte, toute défraîchie et couverte d'autocollants, devant comme derrière. Une valise qui donne l'impression d'avoir fait le tour du monde.

Abby déballe une petite valise neuve à roulettes, qui n'est décorée d'aucun autocollant. Une valise qui n'a fait qu'un seul voyage.

Quelle cousine défera ses bagages le plus vite???

Laquelle aura fini de ranger ses vêtements la première?

À qui grand-maman Emma offrira-t-elle ses éloges?

(Grand-maman Emma a annoncé que la gagnante choisirait le film que nous regarderons avant d'aller au lit!)

Mesdames et messieurs, Cléo lance ses vêtements et les éparpille sur son lit : surtout des jupes et des hauts élégants, dans des tons de rose, de jaune et de turquoise. Elle a aussi un ordinateur portable!

Et un petit écrin à bijoux qui pourrait bien contenir des boucles d'oreilles!

Abby plie bien proprement ses jeans et ses pantalons cargos, ses blouses et ses bas rayés, son pyjama et ses sous-vêtements mauves, et les range dans des tiroirs.

Aucune des concurrentes n'adresse la parole à l'autre.

Au bout d'un moment, grand-maman Emma frappe à la porte.

— Alors, est-ce que nous avons notre gagnante?

Abby a presque fini de plier et de ranger ses vêtements, tandis que ceux de Cléo gisent encore, épars, sur son lit.

Mais voilà que cette dernière s'empare de toutes ses affaires et les fourre, pêle-mêle, dans un tiroir.

— J'ai fini! crie-t-elle en refermant le tiroir d'un coup de pied.

Avant qu'Abby puisse même lancer « Ce n'est pas juste! », grand-maman Emma entre dans la chambre et accorde la victoire à Cléo.

Chapitre 5

Samedi | <u>très</u> tôt le matin

**Rien de nouveau
dans l'air.**
Calendrier des gadgets

(En fait, il y a <u>plein</u> de nouveau dans l'air!)

Et il y en a beaucoup sous le toit de grand-maman Emma :
1. Moi
2. Cléo
3. Le pyjama de Cléo (jaune brillant à motifs de crêpes.)

<u>De crêpes??????</u>

Cléo parle dans son sommeil. Elle bouge de tous côtés et frappe son oreiller. À un moment donné, elle s'est réveillée et a allumé la lumière. Elle a sorti son ordinateur et a tapé pendant quelques minutes avant de retourner se coucher.

Je lui ai demandé ce qu'elle écrivait. Elle m'a dit que c'était une idée.

(Il y a une seule bonne idée au milieu de la nuit : DORMIR!)

Les bruits étranges qu'on entend dans la maison de grand-maman Emma m'ont aussi réveillée souvent. Par exemple, les jappements de Zipper, la dilatation des tuyaux, les craquements du parquet.

Il y a une petite fenêtre dans la chambre où nous dormons, et les murs sont tapissés de papier bleu et or.

Je m'ennuie de ma chambre mauve! Mes calendriers me manquent! Et aussi Alex, Éva et Isabelle!!! (Enfin... peut-être... un peu.) Je m'ennuie de mon chat, T-Jeff. J'espère qu'Isabelle le caresse deux fois plus que d'habitude.

<u>Je m'ennuie de maman et de papa!!!</u>

La seule chose amusante que j'ai apportée, c'est mon journal. Dieu merci pour mon...

ALERTE À CLÉO!! Elle se lève. Je cesse d'écrire tout de suite!

Debout devant la cuisinière, grand-maman Emma fait sauter des crêpes.

— Bonjour, Abby. As-tu bien dormi? Le lit est confortable? As-tu faim?

Abby répond oui à toutes les questions. Elle fait courir ses doigts dans ses cheveux humides, qu'elle vient de laver et qui frisottent déjà sans contrôle.

— Assieds-toi, lui dit sa grand-mère. Et voici des crêpes toutes chaudes. Première arrivée, première servie. Est-ce que Cléo est debout?

— Elle vient juste de se réveiller, répond Abby en s'assoyant à table. Elle est sous la douche.

C'est Abby qui a gagné la course à la douche. Des années à s'entraîner contre Éva et Isabelle ont fait d'elle une championne du sprint de 15 mètres vers la salle de bains.

Cléo a redressé ses lunettes et lui a dit sèchement : « Tu ferais mieux de ne pas utiliser toute l'eau chaude. »

Abby espère que la douche de Cléo est froide et rafraîchissante.

Grand-maman Emma dépose une pile de crêpes sur la table.

— Il y a du sirop d'érable, dit-elle en désignant un récipient en forme de cabane en bois rond. À moins que tu ne préfères des confitures?

— Du sirop, s'il te plaît.

Abby dévisse le capuchon et arrose copieusement ses crêpes.

Sa grand-mère retourne à sa crêpière et verse d'autre pâte fraîche sur la plaque chaude.

— Et alors, comment ça se passe entre Cléo et toi?

— Mmmm, marmonne Abby, le doigt pointé vers sa bouche pleine.

— Est-ce qu'elle n'est pas merveilleuse? enchaîne sa grand-mère. Je savais que tu l'aimerais! Elle est si talentueuse! Et quelle intelligence! Une personne tellement formidable! Je suis ravie que vous soyez chez moi toutes les deux ensemble!

— Ah, ouais, dit Abby, la gorge serrée.

Cléo entre dans la cuisine. Ses cheveux mouillés lui collent à la tête. Elle est vêtue d'une courte jupe bleue et d'un débardeur blanc. Des bracelets ornent ses bras maigrelets et elle porte de minuscules boucles d'oreilles en forme de fleurs.

— Bonjour, dit-elle à la ronde.

— As-tu bien dormi? lui demande grand-maman Emma. Tu as pris une bonne douche chaude? Prête pour les crêpes?

— Tu me fais toujours mes mets préférés! lui dit Cléo.

— À moi aussi, dit Abby, après un moment.

Cléo prend son assiette et l'apporte à la cuisinière.

— Merci d'avoir fait des crêpes, dit-elle tandis que sa grand-mère en empile dans son assiette.

— Merci, fait Abby à son tour, regrettant de ne pas l'avoir dit la première.

Cléo s'assoit en face de sa cousine. Les deux filles évitent de se regarder.

— Me passerais-tu le sirop, s'il te plaît? demande Cléo.

« Ce n'est pas juste! songe Abby. Cléo a des manières de grande personne et les oreilles percées. » Leur grand-mère éteint la flamme sous la crêpière et s'essuie les mains avec une serviette.

— Prenez un bon déjeuner, les filles. Au programme, aujourd'hui, une foire de rue et un carnaval au centre-ville.

— Ça promet d'être une journée merveilleuse, Gramie, dit Cléo.

— Ouais, formidable, ajoute Abby, songeant que ce serait une journée idéale – si Cléo n'était pas là.

Grand-maman Emma, Cléo et Abby se fraient un passage à travers les rues étroites et bondées.

Au son d'une musique tonitruante, des pitres font des bouffonneries, des mimes racontent des histoires avec des gestes et des mimiques, des marchands vantent leurs produits en criant et les petits enfants hurlent de plaisir.

Abby et Cléo se font maquiller. Abby se transforme en clown mauve, tandis que Cléo se fait dessiner un mini papillon sur le front. Elles assistent ensuite à une saynète et au numéro d'un jongleur cracheur de feu.

Abby s'arrête devant un étalage de verre soufflé, mais

un passant la bouscule soudain et la fait trébucher. Elle tombe du trottoir et se retrouve sur la chaussée.

— Hé! proteste-t-elle en rattrapant son équilibre.

Grand-maman Emma se précipite vers elle.

— Est-ce que ça va, ma chérie?

— Ça va, dit Abby en agitant le pied. Mais j'ai bien failli me fouler la cheville.

— Il faut rester proches les unes des autres, conseille grand-maman Emma en regardant les deux filles. Surtout dans une foule comme celle-ci.

— Ça va, assure Abby.

— As-tu encore ton argent? demande Cléo.

Abby enfouit la main dans sa poche et sort un billet de 10 $ froissé.

— Oui! Tu vois?

— Tu as de la chance parce que tu aurais pu tout perdre, dit Cléo (et Abby se renfrogne). Les voleurs à la tire poussent les gens pour piquer leur argent. C'est leur façon de procéder. Tu ne savais pas?

— Mais bien sûr que je le savais! ment Abby.

— Ma mère s'est fait voler 175 $, en Europe...

Cléo s'interrompt tout à coup.

— Regardez! Un magicien! s'exclame-t-elle en désignant un homme, vêtu d'un jean et d'un t-shirt noirs, qui sort des foulards d'un grand chapeau. J'adore la magie!

— Allons le voir! suggère grand-maman Emma.

Abby garde sa main dans la poche où est son argent.

Pas question qu'elle le perde! Est-ce que sa cousine la prend pour une idiote ou quoi?

Monté sur un unicycle, le magicien sort des colombes de son chapeau. Il s'arrête pour demander des volontaires dans l'auditoire. Cléo lève la main, mais il choisit quelqu'un d'autre.

« Tant pis pour elle! songe Abby. Ça lui apprendra. »

Elle se demande comment elle va faire pour endurer Cléo Wayne pendant toute une semaine.

Chapitre 6

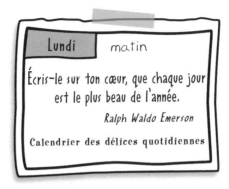

Lundi matin

Écris-le sur ton cœur, que chaque jour
est le plus beau de l'année.

Ralph Waldo Emerson

Calendrier des délices quotidiennes

Ce n'est pas vrai pour hier, en tout cas.
Grand-maman Emma nous a envoyées au parc,
Cléo et moi, pour pouvoir faire la sieste.

Un après-midi au parc avec Abby et Cléo :
Nombre de minutes passées à marcher : 35
Nombre de minutes passées à acheter des
collations : 9
Nombre de minutes passées à manger des
collations : 13
Nombre de minutes passées à se demander ce
qu'il pourrait y avoir d'autre à faire : 41
Nombre de minutes passées à nous parler : 0

D'autres moments mémorables avec Cléo :

1. En dressant la table du souper : la guerre des fourchettes.

2. En préparant la salade : partout sur le plancher.

3. En jouant aux cartes : qui donc a triché?

4. En choisissant un film vidéo : c'est mon tour!!

Le pire moment de la pire journée :

Hier soir, avant de nous mettre au lit, Cléo a sorti son ordinateur.

— Je suis en train d'écrire un roman, a-t-elle annoncé.

Voilà donc pourquoi elle note des idées au beau milieu de la nuit.

Si Cléo fréquentait la même école que moi, Mme Élisabeth l'adorerait sans doute. Elle trouverait que Cléo écrit mieux que moi. Il me faudrait écouter Mme Élisabeth faire l'éloge de Cléo continuellement – tout comme grand-maman Emma!

Peut-être qu'aujourd'hui sera le plus beau jour de l'année?

Aujourd'hui, j'ai aidé grand-maman Emma à laver la vaisselle du déjeuner. (J'en ai profité pendant que Cléo se brossait les dents.)

C'est aujourd'hui que débute notre atelier art et culture.

Aujourd'hui, j'aurai la chance de côtoyer beaucoup de jeunes qui ne sont pas Cléo.

Résultats de la compétition inter cousines :

1. Dans la catégorie « sprint de 15 mètres vers la salle de bains », Abby a remporté trois victoires en trois jours.

2. Dans la catégorie « compliments reçus de grand-maman Emma », c'est Cléo qui l'emporte.

3. Dans la catégorie « le moins de paroles prononcées », les deux cousines sont à égalité.

— Voici mes deux petites-filles, Cléo Wayne et Abby Hayes, dit grand-maman Emma à la préposée au guichet du Centre d'art. Je les ai inscrites à l'atelier offert pendant la semaine de relâche.

La dame consulte sa feuille et coche leurs noms.

— Bienvenue, dit-elle. Je sais que vous vous plairez à cet atelier. La journée commence dans la salle de danse. C'est en haut, à gauche.

— La salle de danse? fait Abby, perplexe. Je ne

savais pas qu'on allait danser.

Pour elle, les mots *art* et *culture* réfèrent au dessin, à la peinture, à l'écriture et au chant. Pas à la danse. Et danser est bien la dernière chose qui la tente.

— J'adore la danse! dit Cléo, qui adopte aussitôt une position de ballet.

— Tu es une danseuse formidable, déclare grand-maman Emma avec un sourire. Et toi aussi, Abby, j'en suis certaine.

— Pas vraiment, marmonne Abby.

Après leur avoir donné un baiser sur la joue, grand-maman Emma prend congé de ses petites-filles.

— Alors j'y vais! À moins que vous ne vouliez que je monte avec vous.

— Non merci! dit Abby.

— On va se débrouiller, renchérit Cléo.

Avec un signe de la main, grand-maman Emma disparaît.

En silence, Abby et Cléo montent l'escalier qui mène à la salle de danse.

Un groupe de filles et de garçons sont assis en rond sur le plancher. Ils sont plus de 24. Beaucoup d'entre eux lèvent la tête à l'entrée d'Abby et de Cléo.

Abby sent le rouge lui monter aux joues. Elle se demande si les gens la dévisagent à cause de ses cheveux roux, de ses bas mauves ou de son t-shirt rayé.

Cléo porte son ensemble habituel : jupe courte,

débardeur et boucles d'oreilles assorties en corail. Elle est presque mignonne – mis à part ses lunettes trop grandes et ses longs bras maigres.

Abby se glisse par terre, à la première place qu'elle aperçoit. Elle veut se fondre dans le groupe sans attirer l'attention.

Cléo fait le tour de la pièce trois fois. Elle finit par s'asseoir à l'opposé du cercle, loin d'Abby.

Un homme vêtu d'un pantalon kaki et d'une chemise polo entre dans la salle au pas de course.

— Je m'appelle Bill, dit-il. Bienvenue à notre atelier art et culture. Il comprend deux volets. Le premier consiste en un atelier de danse et de théâtre. Dans le deuxième, on fabriquera des livres d'images. Vos parents vous ont déjà inscrits à l'un ou à l'autre – bien qu'il vous soit encore possible de changer.

— On va écrire des livres? s'écrie Abby.

C'est encore mieux que ce qu'elle avait imaginé. Sans doute grand-maman Emma l'a-t-elle inscrite à l'atelier des livres, et, avec un peu de chances, elle aura inscrit Cléo en danse et en théâtre.

Abby remarque une fille aux yeux foncés qui porte de longues tresses noires. Son visage a une expression sérieuse. Quand elle se rend compte qu'Abby la regarde, elle sourit.

« Elle paraît vraiment sympathique, songe Abby. J'espère avoir l'occasion de faire sa connaissance. »

— Allons-y donc! dit Bill en dépliant sa liste.

Il se met à lire les noms des jeunes et à indiquer dans quel groupe ils sont inscrits.

— Abby Hayes, atelier des livres, lit-il. Cléo Wayne, atelier des livres!

— Je pensais que tu adorais la danse et le théâtre, dit Abby à Cléo.

— Mais je veux améliorer mon écriture, dit Cléo en ajustant ses lunettes.

— Oh, fait Abby.

Bill a terminé sa répartition.

— Alors? Tout le monde est content? demande-t-il. Quelqu'un veut-il changer de groupe? C'est maintenant qu'il faut le dire!

Abby se croise les doigts. « Si Cléo pouvait changer d'idée à la dernière minute, espère-t-elle, et décider qu'elle doit *absolument* danser et jouer la comédie! »

Personne ne dit mot. Eh bien, tant pis. Cléo et elle en seront quittes pour s'éviter l'une l'autre. Ce sera sans doute plus facile ici que chez grand-maman Emma.

— Ceux qui sont dans la troupe de théâtre, attendez-moi ici, dit Bill. Et ceux qui font l'atelier des livres, suivez-moi, ajoute-t-il à l'intention du groupe dont Cléo et Abby font partie. Je vous emmène à la Grande verrière.

« La Grande verrière, répète Abby dans sa tête. C'est joli et mystérieux. » Elle espère que le lieu porte bien son nom.

Bill les guide vers une salle percée de lanterneaux et de vastes fenêtres dont les appuis débordent de plantes. Au milieu, de longues tables sont couvertes de tout ce qu'il faut pour écrire et dessiner.

— Les voici, Rébecca, dit Bill à une dame qui est en train d'arroser les plantes.

— Formidable! dit celle-ci en déposant son arrosoir. Bienvenue à vous tous, jeunes auteurs et illustrateurs.

Elle paraît plus vieille que Mme Élisabeth, mais plus jeune que Mme Doris. Elle porte des lunettes et une queue de cheval, mais pas de maquillage.

Contrairement à tous les enseignants qu'Abby ait jamais connus, elle s'assoit sans façon sur une table, les jambes pendantes. Elle est nu-pieds.

— Assoyez-vous, dit Rébecca en désignant les autres tables. Sur les chaises, par terre, où vous voudrez.

Abby et Cléo prennent place chacune à des coins opposés de la pièce. La fille aux longues tresses noires s'installe à la même table qu'Abby. Elle aussi s'est inscrite à l'atelier des livres.

— Salut, je m'appelle Mira, chuchote-t-elle à Abby avec un sourire timide.

Abby se présente à son tour.

Rébecca donne un aperçu de l'atelier. Tout le monde garde les yeux rivés sur ses pieds nus tandis qu'elle parle.

— Nous faisons des livres d'images, annonce Rébecca. Nous allons les écrire, les illustrer et les relier.

Et vendredi, lors d'un thé littéraire, nous en ferons une lecture publique à nos familles et nos amis.

Un murmure d'excitation se répand dans la pièce.

Rébecca saute de la table et prend un livre dans une boîte.

— Voici un livre d'images que j'ai moi-même écrit et illustré.

Immédiatement, la salle redevient très calme.

— Vous êtes une auteure dont les livres sont publiés? demande un garçon.

Rébecca fait oui de la tête.

— Neuf de mes livres ont été publiés, dit-elle. Ils sont ici, sur le bureau, si vous voulez les voir.

Abby retient son souffle. L'atelier est dirigé par une véritable auteure!

Elle jette un coup d'œil vers Cléo, à l'autre bout de la pièce. Cléo paraît tout excitée, elle aussi. L'espace d'un moment, Abby regrette qu'elles ne soient pas amies.

— Nous allons travailler deux par deux, dit Rébecca. Pour éviter la confusion et pour ne faire de peine à personne, je vais vous assigner un partenaire au hasard.

Circulant dans la salle, elle désigne les participants qui devront travailler ensemble.

— C'est aussi une façon de vous faire de nouveaux amis, ajoute-t-elle.

Abby se croise les doigts, en espérant que Rébecca lui donnera Mira comme partenaire.

Chapitre 7

Lundi après-midi

Mieux vaut connaître quelques-unes des questions, plutôt que toutes les réponses.

James Thurber

Calendrier des esprits inquisiteurs

<u>Questions</u> :

1. <u>Pourquoi</u> Rébecca m'a-t-elle mise en équipe avec Cléo?

2. Pourquoi Rébecca <u>m'a-t-elle</u> mise en équipe avec Cléo?

3. Pourquoi Rébecca m'a-t-elle <u>mise</u> en équipe avec Cléo?

4. Pourquoi Rébecca m'a-t-elle mise en équipe <u>avec Cléo</u>?

<u>Autres questions</u> :

Pourquoi?
POURQUOI?
<u>POURQUOI?</u>

Réponses :

Je connais toutes les questions et aucune des réponses. Est-ce que cela vaut mieux? Mieux que quoi, au juste?

Brève histoire de la collaboration entre Abby et Cléo

Elle sera brève.
Très, très, très brève.
Aura-t-elle seulement lieu?????

Une pièce de théâtre portant sur un atelier portant sur un livre portant sur une discussion portant sur...

par Abby H.

Premier acte
Une salle agréable, très ensoleillée, avec une profusion de fenêtres, de plantes, de tables, de stylos, de papier, et toute la panoplie nécessaire à la production d'un livre.

Pieds nus à l'avant de la salle,

Rébecca, une auteure dont les œuvres sont publiées, s'adresse à un groupe d'enfants.

Rébecca : La première règle, en écriture, c'est de parler de ce qu'on connaît. Partez de votre propre expérience.

Un garçon : Comme quoi, par exemple?

Rébecca : De votre propre vie, des événements heureux ou malheureux qui vous sont arrivés, de vos intérêts.

Le garçon : Du cosmos?

Rébecca : Pourquoi pas?

Le garçon : Je n'y suis pas allé.

Rébecca : Non, mais est-ce que tu y as réfléchi? En as-tu rêvé? As-tu fait des lectures sur le sujet?

Le garçon : Oui!

Rébecca : Alors tu le connais. Les réflexions, les rêves et la lecture font partie de l'expérience.

Cléo : Peut-on écrire ce qu'on ne connaît pas?

Rébecca (en riant) : Voilà une idée originale! Essaie, pour voir!

Abby : Quelle est la meilleure sorte d'histoire qu'on peut écrire?

Rébecca : Une histoire qu'on a envie d'écrire.

Mira : Est-ce qu'il faut aimer le sujet sur lequel on écrit?

Rébecca : Pas nécessairement! On peut parler

des choses qu'on aime ou qu'on déteste.

Abby : Combien de temps faut-il pour écrire un livre d'images?

Rébecca : En ce qui me concerne, ça peut s'étaler sur trois semaines ou trois ans. Mais pour vous, ça prendra quelques jours! Alors, vous êtes prêts?

Chœur des enfants : <u>OUI!!!!</u>

Le rideau tombe au moment où Cléo se dirige vers l'avant de la salle. Elle confie à Rébecca qu'elle est en train d'écrire un roman. Rébecca paraît impressionnée.

Abby s'inquiète : Cléo va-t-elle essayer de se montrer plus fine qu'elle?

Deuxième acte

Le rideau se lève sur un décor inchangé. Cette fois, Abby et Cléo sont assises à une table, l'une en face de l'autre. Elles essaient de collaborer à la production d'un livre.

Abby : J'ai une idée. On pourrait écrire l'histoire de deux meilleures amies dont une déménage au loin.

Cléo : Non! Pourquoi ne pas parler d'une fille de 10 ans qui est un génie en musique?

Abby : Ça ressemble trop à Brianna!

Cléo : Brianna? C'est qui?

Abby : Une P.O.V.

Cléo : Une quoi?

Abby : Une personne odieusement vantarde.

Cléo : Ah bon.

Abby : Tiens, si on racontait l'histoire d'une fille qui introduit un chat dans sa maison sans que ses parents s'en aperçoivent?

Cléo : C'est quelque chose qui ne se peut pas!

Abby : Ah ouais?

Cléo : Je propose d'écrire l'histoire d'un voleur qui pique l'argent des gens pendant les foires de rues.

Abby : Ennuyant.

Cléo (sur un ton de défi) : As-tu quelque chose de mieux à proposer?

Abby : Un concours de natation entre garçons et filles.

Cléo : Super ennuyant! Pourquoi pas une guerre entre frères et sœurs?

Abby : Je préférerais l'histoire d'une fille qui essaie de se qualifier pour entrer dans une équipe de soccer.

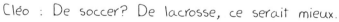

Cléo : De soccer? De lacrosse, ce serait mieux.

Le rideau se lève et tombe un grand nombre

de fois, toujours sur la même scène d'Abby et de Cléo qui s'obstinent.

Pendant cette discussion qui n'en finit plus, un narrateur se présente à l'avant-scène et interpelle le public.

Le narrateur : *Nous assistons ici à la première véritable conversation entre Abby et Cléo. Je ne pense pas qu'elles arriveront à s'entendre un jour. Parviendront-elles à écrire ce livre? J'en doute...*

Abby (haussant le ton) : Je ne te dirai plus aucune de mes idées!

Cléo (haussant le ton) : Je ne te dirai pas les miennes, non plus!

Les cousines se disputent encore lorsque le rideau tombe.

LA PIÈCE SE TERMINE,
mais la discussion se poursuit,
et se poursuit,
et se poursuit encore
et encore...

Eh bien, ça suffit!
Rébecca vient à notre table.

Cléo et moi lui avons toutes deux demandé de changer de partenaire. (Pour la première fois, nous étions d'accord sur quelque chose!)

— Tout le monde, sauf vous, a déjà commencé son histoire, a fait remarquer Rébecca. Je ne peux pas briser un partenariat qui fonctionne. Cléo, avec ton talent littéraire, ça devrait être facile pour toi. Si tu commences, Abby pourra ensuite apporter sa contribution.

— Mais je suis bonne en écriture, moi aussi, ai-je crié.

— Et vous n'avez pas trouvé la moindre idée qui vous plaise à toutes les deux? a demandé Rébecca. Ça me paraît difficile à croire!

— Non! avons-nous confirmé, à l'unisson.

(La deuxième fois que Cléo et moi étions d'accord sur quelque chose!)

Rébecca est demeurée pensive quelques secondes.

— Eh bien, pour l'instant, vous devrez simplement travailler séparément, a-t-elle dit. Chacune de vous écrira sa propre histoire. Demain, je vous aiderai à en choisir une des deux, que vous illustrerez et relierez dans un livre. Ça vous va?

— Oui, a répondu Cléo avec assurance, comme si son histoire avait déjà été choisie.

— Pourquoi ne pourrions-nous pas simplement travailler chacune de notre côté? ai-je demandé. Chacune de nous ferait son propre livre?

Rébecca fait non de la tête.

— Cet atelier met l'accent sur la collaboration, explique-t-elle. Tous les autres travaillent en tandems. Si vous n'avez pas envie d'en faire autant, peut-être feriez-vous mieux d'opter pour la danse et le théâtre.

— Je reste ici. Je veux le faire, me suis-je empressée d'affirmer.

— Moi aussi, dit Cléo.

NOTE À MOI-MÊME : Je vais me consacrer une page complète dans le Livre Hayes des records du monde pour le plus grand sacrifice consenti à l'art et à la culture.

J'aime l'écriture à un point tel que j'accepte même de travailler avec Cléo!

Peut-être même vais-je illustrer son histoire!

Noooooooooooooooooooon, ça ne peut pas arriver! Il FAUT que Rébecca choisisse la mienne!

P.-S. : Mira m'a confié qu'elle adore faire des illustrations! Elle aurait été une partenaire idéale! Snif-snif! Snif-snif! Snif-snif!

Chapitre 8

Lundi après-midi

Il ne faut pas penser aux échecs d'aujourd'hui, mais aux succès qui pourraient arriver demain.

Helen Keller

Calendrier des bleus et des bosses

<u>Ne pas penser</u> :

1. À ma « collaboration » avec Cléo.

2. À la possibilité que Rébecca choisisse l'histoire de Cléo.

<u>Mais plutôt</u> :

1. À l'histoire que j'écris... (j'ai eu une idée géniale!)

2. ... et que Rébecca va adorer.

3. Que Rébecca va se rendre compte que je suis une auteure talentueuse, moi aussi!!!!

4. Que mon histoire sera choisie, et pas celle de Cléo.

5. Que les autres participants seront épatés - surtout Mira.

6. Que je vais lire mon histoire pendant le thé littéraire et impressionner grand-maman Emma.

— Mais regardez-vous donc, toutes les deux! s'écrie grand-maman Emma.

Les cousines sont absorbées dans leur lecture. Étendue sur le divan, Abby lit un récit fantastique tandis que Cléo, installée dans le fauteuil inclinable, dévore un roman mystère. Zipper est couché entre elles, sur le plancher.

Au souper, grand-maman Emma leur a demandé ce qui leur plaisait le plus à l'atelier art et culture.

Abby a parlé avec enthousiasme de Rébecca et de la production de livres. Cléo a mentionné le thé littéraire qui aura lieu vendredi.

Aucune d'entre elles n'a avoué à grand-maman Emma qu'elles ont été désignées comme partenaires d'écriture, ou qu'elles n'arrivent pas à s'entendre sur quoi que ce soit.

— Quelle magnifique fin de journée! dit grand-maman Emma en regardant par la fenêtre. Il faut qu'on aille se promener.

Abby et Cléo poursuivent leur lecture.

— Est-ce que vous m'avez entendue? s'étonne grand-maman Emma. Il faut tirer parti des derniers rayons de soleil.

Abby lève le nez de son livre.

— Casey dirait : « Il faut tirer Abby des derniers rayons de soleil. »

— Casey, c'est une de tes amies? demande sa grand-mère.

— *Un* de mes amis, rectifie Abby. Il est dans l'autre cinquième année. Il aime faire des jeux de mots avec mon nom.

— Tu comptes *un garçon* parmi tes amis? fait Cléo en lui coulant un regard inquisiteur.

Sans se donner la peine de répondre, Abby tourne une page de son livre.

— Debout! Fermez-moi ces livres! Et que ça saute! ordonne grand-maman Emma, qui adoucit son ordre par un sourire.

— Ça me ferait grand plaisir d'aller me promener, grand-maman Emma, dit Cléo.

— Moi aussi, s'écrie Abby en saisissant son chandail.

Cléo tient déjà la porte ouverte pour sa grand-mère.

Celle-ci prend les clés de la maison et met Zipper en laisse.

— Vous êtes prêtes? demande-t-elle.

— Je suis prête! répond Abby.

— Je suis prête! répète Cléo, comme un écho.

Les deux filles se fusillent du regard.

— On va de quel côté? demande leur grand-mère.

— À gauche, dit Abby.

— À droite, dit Cléo en même temps.

— Hmmm, dit leur grand-mère.

— Je vous présente mes petites-filles, Cléo et Abby, dit grand-maman Emma, avec fierté, à une voisine qui balaie les marches de son perron. Elles ont 10 ans.

— Êtes-vous jumelles? demande la voisine, qui n'est pas très grande et a les cheveux teints en blond.

— Non! répondent les cousines d'une seule voix.

Abby jette un coup d'œil à Cléo. Elle ne lui ressemble en rien, n'est-ce pas? Cléo paraît aussi horrifiée qu'elle à l'idée d'une telle possibilité.

— Ce sont mes deux dévoreuses de livres, dit grand-maman Emma, affectueusement.

— Allô, Stuart, dit grand-maman Emma à un homme musclé qui retourne une bande de terre devant sa maison. Encore une plate-bande?

— Des roses, répond-il en grommelant.

Il caresse Zipper, puis désigne Cléo et Abby.

— Vos petites-filles?

Grand-maman Emma passe un bras autour de chacune d'elles.

— Oui, des cousines qui sont en train de faire connaissance.

— Je les ai prises pour des sœurs, dit l'homme.

— Ce ne sont pas des sœurs, dit grand-maman Emma. Mais elles devraient l'être, avec tout ce qu'elles ont en commun.

Cléo et Abby se foudroient du regard.

*   *   *

Il se fait tard. Après la promenade, elles ont avalé une collation, du lait et des biscuits. Zipper, qui passe la nuit dans la cour, est déjà dehors. Les rideaux sont tirés.

— C'est l'heure de vous préparer à vous coucher! dit grand-maman Emma à Cléo et à Abby, qui se sont replongées dans leur lecture. Vous pourrez lire au lit pendant un petit moment, promet-elle.

Abby se brosse les dents, enfile son pyjama et grimpe dans le lit avec son livre. Elle dirige la lampe vers la page ouverte et reprend sa lecture.

Dans le lit voisin, Cléo éclaire son roman à l'aide d'une lampe de poche.

— Pourquoi n'allumes-tu pas le plafonnier? suggère Abby.

— J'aime lire à l'aide d'une lampe de poche, répond Cléo.

— Est-ce que ce n'est pas inconfortable? demande Abby.

— Non.

Cléo déplace la lampe de poche rapidement sur sa page.

Abby dépose son livre et prend son journal.

Cléo

Les adultes l'adorent.
Pas moi.

Les adultes la trouvent brillante.

Je la trouve bizarre et insupportable.

Je n'aime pas Cléo Wayne. Je n'aime pas Cléo Wayne. Je n'aime pas Cléo Wayne. Je n'aime pas...

— Qu'est-ce que tu écris? demande Cléo.

Abby referme son journal d'un coup sec.

— Rien.

Cléo rajuste ses lunettes sur son nez.

— Avant, j'écrivais dans un cahier, dit-elle. Je ne le fais plus depuis qu'Alicia et Robert m'ont offert un ordinateur portable pour mon anniversaire. J'écris mon roman à l'ordinateur, et mon journal aussi.

— Tu tiens un journal? ne peut s'empêcher de demander Abby.

Elle se demande si Cléo l'écrit chaque jour.

— Bien sûr, dit Cléo en redirigeant sa lampe de poche sur son livre.

Abby ne dit rien. Elle ouvre à nouveau son journal.

Oui, bien sûr, Cléo écrit son journal sur un ordinateur portable!

Oui, bien sûr, elle écrit un roman, aussi!

Oui, bien sûr, elle a reçu un ordinateur portable pour son anniversaire!

(Et oui, bien sûr, elle a les oreilles percées!)

Elle est tellement meilleure que moi dans tout!

Qu'est-ce que je vais recevoir pour <u>mon</u> anniversaire?

1. Un billet d'avion (je l'ai déjà reçu).

2. Un calendrier de grand-maman Emma (son cadeau habituel).

3. Une carte de bonne fête de la part de Cléo (SEULEMENT parce qu'elle va vouloir impressionner grand-maman Emma).

4. Des boucles d'oreilles à pince? (Aaaaaah!)

Gagnez un prix fabuleux! Votez pour l'idée la plus horrible à inscrire dans le <u>Livre Hayes des records du monde</u> :

a) passer mon anniversaire chez moi sans Jessica

b) passer mon anniversaire ici avec Cléo

Le gagnant recevra un exemplaire gratuit du <u>Livre qu'on ne veut pas écrire ensemble</u>, signé Abby Hayes et Cléo Wayne.

Air-Soleil | siège 35 A

Chapitre 9

Mardi

Deux astres ne se meuvent point
dans une même orbite.

William Shakespeare

La presse quotidienne

Grand-maman Emma a lu cette citation dans le journal, aujourd'hui.

Grand-maman Emma : Selon vous, qu'est-ce que ça veut dire?

Abby : Que les astres restent loin les uns des autres pour ne pas se heurter ou exploser.

Cléo : Qu'ils s'évitent l'un l'autre.

Abby : Que chacun habite dans son propre univers.

Cléo : Les astres sont chanceux. Ils ne sont pas obligés de passer du temps ensemble s'ils n'en ont pas envie.

Grand-maman Emma : À mon avis, la

citation s'applique aux êtres humains.

Abby : Ah oui?

Grand-maman Emma : Elle signifie que les êtres humains agissent de manières différentes. Ils ne sont pas toujours sur la même longueur d'onde. Il arrive qu'ils ne puissent coopérer les uns avec les autres.

ÇA, C'EST SÛR ET CERTAIN!!!

Grand-maman Emma soupçonne-t-elle que nous ne nous entendons pas bien, Cléo et moi? Jamais nous ne pourrons nous « mouvoir dans une même orbite », même si nous devons partager une chambre, un atelier art et culture, un projet de création de livre ET une grand-mère préférée.

Le soleil pénètre à travers les fenêtres de la Grande verrière. Les participants travaillent à leur histoire tandis que Rébecca se promène de table en table, donnant encouragements, conseils et suggestions.

À 11 h 2, Abby termine la dernière phrase de son histoire. Elle écrit « FIN » en un large trait de plume, puis se lève et s'étire.

À l'autre bout de la table, Cléo biffe quelques mots. Son bloc est couvert de taches et de gribouillages. Elle arrache une feuille, la lance sur une pile de papiers chiffonnés, et poursuit son texte sur une page blanche.

Rébecca s'approche de leur table. Vêtue d'un jean et d'un t-shirt, elle porte aujourd'hui des sandales et des bas aux tons vifs. Plus tôt, ce matin, elle a avoué aux jeunes qu'elle avait eu froid aux pieds, hier.

— Alors, comment vous débrouillez-vous? demande-t-elle. Avez-vous besoin d'aide?

— J'ai fini! annonce Abby.

— Moi aussi! s'écrie Cléo, même si elle écrit encore.

Elle arrache une dernière feuille, jette son stylo et assemble les pages de son texte.

— J'ai fini la première! dit Abby.

— Avec deux minutes d'avance seulement, insiste Cléo.

— Et alors? fait Abby.

Rébecca secoue la tête, découragée.

— Mais enfin, qu'est-ce qui se passe entre vous deux?

— Laquelle de nos deux histoires lirez-vous en premier? veut savoir Cléo.

— Je vais les lire immédiatement toutes les deux, déclare Rébecca en s'assoyant à leur table. Allez au rayon des arts plastiques et voyez le matériel disponible. Voulez-vous faire de l'aquarelle, ou utiliser de la peinture acrylique, des pastels, du papier coupé, des collages, des crayons de couleur...?

— Des crayons de couleur! dit Abby.

— De l'aquarelle! dit Cléo.

— J'aurais dû m'en douter, soupire Rébecca. Bon,

alors l'une de vous pourrait faire les dessins, et l'autre, les colorier. De cette façon, vous pourriez travailler ensemble. Je vous avertirai quand j'aurai fini ma lecture.

Sans parler, Cléo et Abby se dirigent vers le rayon des arts plastiques.

Mira y est déjà. Elle dispose des images découpées sur une feuille de papier. Apercevant Cléo et Abby, elle lève les yeux et leur sourit.

« J'aimerais tellement qu'elle soit ma partenaire! » se dit Abby encore une fois.

— C'est un collage que tu fais? lui demande-t-elle.

Mira fait oui de la tête.

— J'adore les collages! s'exclame Abby. Mais est-ce que ce n'est pas difficile d'illustrer un livre de cette façon?

— Pas vraiment, répond Mira, qui parle d'une voix douce et délicate.

— On pourrait en utiliser dans notre livre, dit Abby à Cléo. Combiner dessins et collages.

— La colle va faire onduler les pages, objecte Cléo.

— Pas si vous prenez du papier à affiche, réplique Mira en hochant la tête.

Abby examine le matériel d'arts plastiques mis à leur disposition.

— Regarde-moi ça! Des magazines, des photos, du papier fabriqué à la main, des plumes d'oie. On pourrait se servir de tout ça!

Cléo fronce les sourcils.

— Ça ne conviendrait pas à mon récit.

— Tu ne sais pas quelle histoire Rébecca va choisir, l'avertit Abby.

— Ce sera la mienne, affirme Cléo avec assurance.

— Tu m'en diras tant! riposte Abby.

Mira les dévisage avec curiosité.

— Ne faites-vous pas équipe ensemble, toutes les deux?

Les yeux de Cléo et d'Abby se croisent, mais se détournent aussitôt.

— Eh bien, oui, dit Cléo. Enfin, je veux dire, non.

— Tu vois… commence Abby, mais elle s'interrompt.

Elle n'a pas le temps de s'expliquer parce que Rébecca les rappelle.

— Très inhabituel, déclare Rébecca.

— La mienne ou la sienne? demande Abby.

Rébecca ne répond pas. Les deux textes sont devant elle. Elle les reprend tous les deux et les feuillette rapidement.

— C'est une première, aucun doute là-dessus.

— Laquelle est une première? veut savoir Cléo.

— Vous voulez dire… commence Abby.

Elle ne comprend pas. Rébecca a-t-elle préféré son histoire, ou celle de Cléo?

— Vous devrez tirer vos propres conclusions, dit Rébecca en tendant l'histoire de Cléo à Abby, et l'histoire d'Abby à Cléo. Maintenant, lisez.

La cousine cinglée

par Cléo Wayne

Il était une fois deux cousines qui vivaient ensemble, dans une maison en pain d'épice, en compagnie de leur chère vieille Gramie-mamie. La cousine aux cheveux bruns, une orpheline dont le nom était Clothilde, aidait de son mieux sa Gramie-mamie chérie à joindre les deux bouts. Elle travaillait très fort pour que tout le monde soit fier d'elle. Elle méritait des prix d'écriture, de théâtre et de piano. Elle obtenait toujours de bonnes notes et avait des manières raffinées.

La cousine aux cheveux roux, prénommée Agatha, avait grandi dans une famille affectueuse, mais elle tenait les choses pour acquises. Elle se fichait des bonnes manières ou de remporter des prix. Elle portait de vieux vêtements bouffants. Elle ne s'empressait pas d'aider Gramie-mamie chaque fois qu'elle le pouvait. Elle n'avait aucun intérêt pour les autres et sa seule préoccupation, c'était elle-même.

Abby en a le souffle coupé.

Le visage de Cléo s'assombrit tandis qu'elle lit le texte d'Abby.

Confusion chez les cousines

par Abby Hayes

Il y avait, autrefois, deux cousines du même âge qui étaient on ne peut plus différentes l'une de l'autre. La première était délicate, intelligente, gentille, sérieuse et drôle. Elle avait les yeux bleus et les cheveux roux. Elle adorait faire du patin à roues alignées, caresser son chat et écrire des histoires. Elle s'appelait Alexandra.

La deuxième cousine avait des vêtements magnifiques, les oreilles percées et des ordinateurs sophistiqués, sauf qu'elle n'était pas très sympathique. Les adultes l'aimaient beaucoup, mais pas les jeunes. Elle portait de grosses lunettes sur un petit visage de rien du tout. Elle s'appelait Claudie.

Les deux cousines s'en allaient ensemble dans un autre pays pour rendre visite à leur grand-mère, une femme affectueuse et sympathique.

— Ce n'est *pas* vrai que j'ai un petit visage de rien du tout! s'écrie Cléo. Et il y a plein de gens qui m'aiment, Alexandra!

— Ce n'est pas vrai que je porte de vieux vêtements bouffants, réplique Abby. Et j'aide beaucoup grand-maman Emma!

La voix de Cléo monte d'un cran.

— Les jeunes m'aiment, tu sauras!

— Ce n'est pas vrai que je n'ai aucun intérêt pour les autres! crie Abby. Clothilde!

Un lourd silence s'abat soudain sur la salle. Tous les enfants interrompent leur écriture ou leurs dessins pour dévisager les cousines.

— Calmez-vous, toutes les deux! ordonne Rébecca en promenant son regard de l'une à l'autre. On parle ici d'histoires fictives, n'est-ce pas?

Ni Cléo ni Abby ne disent mot.

— Voyons voir, commence Rébecca, mains sur les hanches. Vous ne vouliez pas collaborer. Mais voilà que vous écrivez exactement sur le même sujet, dans un style similaire, avec des personnages qui se ressemblent, mais qui jouent des rôles inverses.

Elle fait une petite pause, puis demande :

— Êtes-vous réellement cousines?

Abby et Cléo hochent la tête.

— Ah bon! fait Rébecca. Pourquoi ne me l'avez-vous pas dit dès le départ?

Abby regarde Cléo et Cléo regarde Abby.

— Ça ne m'est jamais venu à l'idée, avoue Abby.

— On ne pourrait pas changer de partenaire? supplie Cléo. S'il vous plaît!

— Tu sais bien qu'il est trop tard, répond Rébecca en passant en revue le reste du groupe. C'était déjà trop tard hier, et maintenant, c'est impossible.

Abby pousse un grognement.

— Remettez-vous au travail! ordonne Rébecca aux autres jeunes. Et vous deux, faites bien attention à la façon dont vous utilisez les mots, ajoute-t-elle à l'intention d'Abby et de Cléo. Les paroles s'envolent, mais les écrits restent!

— Je connais cette citation, marmonne Abby.

— Qu'est-ce que je vais faire avec vous? soupire Rébecca en hochant la tête.

— Pas question que j'illustre son histoire! déclare Cléo.

— Moi non plus! dit Abby. Enfin, je veux dire, pas question que j'illustre la sienne.

Chapitre 10

Mercredi

Rien n'arrive à quiconque, à moins
que la nature ne l'ait équipé
pour le supporter.

Marcus Aurelius

Calendrier des houppettes

<u>C'est bien beau, mais je n'y crois pas!</u>

<u>Ce que je ne peux pas supporter</u> :

1. Cléo.

2. Une collaboration à un livre avec Cléo.

3. De devoir illustrer l'histoire horrible,
dégoûtante, révoltante, méchante, stupide,
pathétique, idiote et ridicule de Cléo.

4. Que Cléo illustre - ou, devrais-je dire,
<u>gâche</u> - mon histoire!

5. De lire « notre » livre ensemble pendant
le thé littéraire.

On s'arrête pour un moment de frustration
silencieuse.

Rébecca l'a décidé : nos histoires feront partie du même livre.

Celui-ci aura deux pages couvertures, et pas de dos. Mon histoire sera d'un côté et, en retournant le livre, on pourra lire celle de Cléo.

— C'est ce qu'on appelle un livre tête-bêche, nous a expliqué Rébecca. C'est la solution parfaite.

Rébecca nous oblige aussi, ô misère, à illustrer mutuellement nos histoires! N'existe-t-il pas une loi contre ça? Où est ma mère avocate quand j'ai besoin d'elle?

Je pense que notre livre tête-bêche est voué à l'échec. (Une nouvelle catégorie de livres : le tête-béchec!)

Rébecca prétend que c'est l'unique solution possible.

HA! Eh bien, moi, j'en vois bien d'autres :

a) Elle pourrait me laisser travailler sur mon propre livre.

b) Elle pourrait me jumeler avec Mira.

c) Elle pourrait renvoyer Cléo chez elle!

La légende de deux cousines travaillant à un seul livre

Le décor : une table de cuisine dans la maison de grand-maman Emma (une grand-mère joviale qui collectionne les salières et les poivrières).

La pluie tombe au dehors. Zipper, un petit chien noir, est couché par terre.

La vaisselle du souper vient d'être lavée.

Les deux cousines sont assises aussi loin que possible l'une de l'autre. Des feuilles de papier, des crayons et diverses fournitures d'arts plastiques s'éparpillent sur la table.

Il y a dans l'air une tension à couper au couteau.

Question : Pourquoi au couteau? Pourquoi pas aux ciseaux, ou à la lame de rasoir, ou même à la scie? La tension est si dense qu'il faudrait bien une hache pour la couper!

Au moment où la scène commence, les deux cousines mettent avec ardeur la dernière main aux illustrations de leur livre.

Grand-maman Emma (entrant dans la pièce) : Comme c'est merveilleux de vous voir travailler ensemble!

Abby dessine une affreuse cousine aux cheveux bruns qui nargue une gentille cousine aux cheveux roux.

Cléo dessine une affreuse cousine aux cheveux roux qui nargue une gentille cousine aux cheveux bruns.

Grand-maman Emma : Chacune de vous a tellement de créativité!

Abby trace des flammes qui jaillissent du nez de la cousine brune.

Cléo ajoute des crocs à la cousine rousse.

Grand-maman Emma : Que j'ai donc bien fait de vous réunir!

Abby dessine de gigantesques genoux tout noueux à la cousine brune.

Cléo ajoute des verrues disgracieuses sur le visage de la cousine rousse.

Grand-maman Emma sourit à ses petites-filles, enfile un imperméable et sort Zipper pour sa promenade du soir.

Cléo transforme la cousine rousse en monstre repoussant.

Abby transforme la cousine brune en sorcière repoussante.

Et, comme si la vue de tant de laideur lui était devenue insupportable, le rideau tombe tout à coup.

Après quelques minutes, il se relève.

Dans la maison silencieuse, deux cousines dessinent. Et dessinent. Et dessinent encore... Les illustrations deviennent de plus en plus laides, et encore de plus en plus laides, et encore de plus en plus laides, et encore de plus en plus LAIDES jusqu'à ce qu'Abby pousse un hurlement :

Abby : <u>Ça suffit!</u>

Cléo (l'air renfrogné) : Quoi donc?
Abby : Tu le <u>sais</u>.
Cléo : Oh! ça!
Abby (respirant un bon coup) : S'il te plaît?
Cléo : Hmmm.
Abby : Si tu...
Cléo (rapidement) : D'accord.
Abby : D'accord??

Cléo : <u>D'accord!</u>

Les deux filles déposent leurs crayons. Elles glissent un regard l'une vers l'autre au-dessus de la table.

Abby : Excuse-moi, euh, tu sais, pour, euh...

Cléo : Ouais, excuse-moi aussi.

Abby (avec un rire gêné) : Pourquoi on se disputait, au juste?

Cléo : Je, euh, enfin, je pensais que tu étais tellement... euh, parfaite!

Abby : <u>Moi???</u> Mais c'est toi qui es parfaite!

Cléo (avec un rire stupéfait) : Alors, pourquoi grand-maman Emma proclame-t-elle continuellement à quel point tu es merveilleuse?

Abby : Voyons donc! C'est <u>toi</u> qu'elle passe son temps à vanter!

Les filles se regardent, le front plissé.

Cléo : Tu es la fille parfaite qui vient d'une famille parfaite.

Abby : Et <u>toi</u>, tes manières et tes notes sont parfaites!

Cléo : Je pense que tu as bien mal interprété tout ça.

Abby : Non, c'est toi.

Cléo : Tu veux gager?

Abby : OUAIS!

Les deux cousines semblent sur le point de reprendre la bataille. Mais voilà qu'elles se mettent à rigoler. Elles se montrent du doigt l'une et l'autre en s'accusant mutuellement de perfection. Mais là, tout paraît drôle. Une fois qu'elles ont commencé à rire, plus moyen de s'arrêter. Elles regardent les illustrations qu'elles ont faites l'une de l'autre, et s'esclaffent de plus belle.

Chapitre 11

Vendredi

Les miracles se produisent.

**Calendrier du destin
et de la fatalité**

C'est bien vrai!

Je n'en reviens toujours pas.
Est-ce bien vrai que Cléo et moi sommes
devenues amies?

Rébecca place une pile de verres en papier et une cruche de limonade sur une des tables.

— Apportez les rafraîchissements par ici, indique-t-elle aux gens qui entrent dans la Grande verrière.

Des parents disposent des bols de fruits, des pichets de thé glacé et des assiettes de biscuits sur la table. Il y a aussi une cafetière et de l'eau chaude pour le thé. Quelques personnes ont confectionné des gâteaux, et une famille a apporté une pizza.

— Et voici d'autres petites douceurs, dit grand-maman Emma en déposant deux assiettes de carrés au chocolat.

— Merci, dit Rébecca. Ça a l'air délicieux.

— Viens voir les livres! dit Cléo en prenant le bras de grand-maman Emma.

— Le nôtre est tête-bêche, explique Abby, deux livres en un.

Elle le met dans les mains de grand-maman Emma.

— Mais c'est merveilleux! s'écrie celle-ci avec fierté.

Rébecca se dirige à l'avant de la salle et sourit aux personnes présentes. Des parents, des grands-parents et des amis bavardent en admirant les livres. Un groupe d'enfants plus jeunes se pourchassent autour de la pièce.

— Bienvenue à notre atelier de création de livres, commence Rébecca, et la salle devient silencieuse. Que de connaissances vos garçons et vos filles ont acquises au cours de la semaine! Et moi de même. Ils ont tous fabriqué de ravissants livres d'images qu'ils ont hâte de vous lire. Aussitôt que tout le monde aura trouvé une place, nous pourrons commencer!

Abby fouille la salle des yeux à la recherche d'un endroit où s'asseoir. Mira se lève et lui fait signe. Elle désigne trois chaises libres à côté d'elle.

Tandis que la grand-maman et les deux cousines prennent place, Mira leur présente son père et son frère. Son père leur fait un salut de la tête. Quant à son petit frère, il est en train de dessiner sa main sur une feuille de papier.

— Rébecca porte des souliers, aujourd'hui, remarque Abby.

— Je pense qu'elle aurait dû venir nu-pieds, répond Mira en chuchotant.

— Nu-pieds avec des tresses, enchaîne Cléo.

« Ça me fait tout drôle d'être amie avec Cléo », songe Abby.

Elle a la bizarre impression qu'elles devraient être en train de se chamailler, mais elle est bien contente que ce ne soit pas le cas.

Lorsque tout le monde est assis, Rébecca désigne deux garçons à l'arrière de la salle.

— Vous serez nos premiers lecteurs! leur dit-elle.

Les garçons se traînent jusqu'à l'avant et prennent leur livre, intitulé *Hululement extraterrestre*.

— « Une nuit de plein lune, un hululement sinistre vint bouleverser la paix de la planète Gorx... » commence le premier.

Ils lisent à tour de rôle, se passant le livre de la main à la main.

— Voilà un récit excitant, dit Rébecca une fois qu'ils ont terminé. Quelle légende dramatique!

L'auditoire applaudit et lance des bravos sonores.

Mira et sa coéquipière sont les suivantes. Tandis que la timide Mira reste debout à côté d'elle, l'autre fille lit l'histoire d'un chuchotement qui part en voyage à la recherche d'une oreille.

— Un récit plein d'imagination, commente Rébecca. J'adore les illustrations.

— On a fait une combinaison de collages et de dessins, explique Mira d'une voix si douce qu'on l'entend à peine.

— Bravo! s'exclame son père.

— Formidable! crie Abby.

Son petit frère agite son papier à dessin comme s'il s'agissait d'un drapeau.

— Encore! crie-t-il.

C'est maintenant le tour d'Abby et de Cléo. Abby se sent soudain très nerveuse.

Elle montre à l'auditoire les deux couvertures du livre.

— Chacune de nous a écrit sa propre histoire, commence-t-elle, mais c'est moi qui ai illustré celle de Cléo, et vice-versa.

Son cœur bat à tout rompre et le rouge lui monte aux joues. Elle a l'impression qu'elle peut à peine parler.

— Nous allons chacune vous lire l'histoire de l'autre, également, ajoute-t-elle en tendant le livre à Cléo.

— *Confusion chez les cousines*, texte d'Abby Hayes illustré par Cléo Wayne, commence celle-ci. « Il y avait autrefois deux cousines du même âge qui étaient on ne peut plus différentes l'une de l'autre... »

Des rires et des applaudissements éclatent à la fin de la lecture. Cléo repasse le livre à Abby qui lit à son tour :

— *La cousine cinglée*, texte de Cléo Wayne illustré par Abby Hayes. « Il était une fois deux cousines qui vivaient ensemble, dans une maison en pain d'épice, avec leur chère vieille Gramie-mamie… »

Elle lit à un rythme accéléré, mais elle aussi, à la fin de son récit, récolte des rires et des applaudissements.

Cléo déplie alors une feuille de papier.

— Attendez! dit-elle. Nous n'avons pas terminé.

— Nous avons écrit une conclusion à nos histoires, marmonne Abby. C'est très court.

Cléo et Abby prennent alors la parole ensemble :

— « Les cousines qui, autrefois, ne pouvaient pas se supporter vécurent heureuses à tout jamais », lisent-elles à l'unisson.

Lorsqu'elles reviennent à leur place, grand-maman Emma paraît songeuse.

Elle sourit à ses deux petites-filles, mais ne dit rien.

— C'était formidable! dit Mira. J'ai adoré! Chaque histoire était l'image inverse de l'autre.

— C'était vraiment comique, ajoute son frère.

— Qu'est-ce qui vous a inspiré cette idée-là? demande le père de Mira.

— La vraie vie, répond Abby.

— Notre imagination, répond Cléo.

Tout le monde se met à rire.

— Un petit peu des deux, peut-être? conclut le père de Mira.

— As-tu aimé notre livre? demande Abby à grand-maman Emma.

— Oui. Surtout le dénouement heureux.

Lorsque toutes les équipes ont terminé la lecture de leurs livres, les participants à l'atelier se rassemblent autour de la table des rafraîchissements en compagnie de leurs invités.

— Félicitations pour le beau travail que vous avez accompli, dit grand-maman Emma à Rébecca. Les filles ont passé une bonne semaine, et elles ont beaucoup appris.

Rébecca hoche la tête.

— Je pense que Cléo et Abby ont appris plus que quiconque.

— Qui ça, nous? s'étonne Cléo.

— On a appris plus que quiconque? s'étonne Abby.

Rébecca mord dans un carré au chocolat de grand-maman Emma.

— Vos petites-filles m'ont étonnée, lui avoue-t-elle. Je ne pensais pas qu'elles viendraient à bout de leur livre, et encore moins qu'elles le liraient à haute voix. Et *jamais* je n'aurais cru qu'elles écriraient une conclusion ensemble!

Cléo et Abby échangent un regard.

« Nous nous sommes étonnées nous-mêmes », songe Abby.

— Ou qu'elles finiraient par devenir amies, enchaîne Rébecca en regardant Cléo et Abby. Comment y êtes-vous arrivées?

— Eh bien, nous...

Abby voudrait bien lui expliquer, mais elle ne trouve pas les mots.

Cléo complète sa pensée :

— Eh bien, nous... nous avons trouvé ça drôle.

— *Drôle*? répète Rébecca, estomaquée. Quoi, au juste?

— Le fait, euh... de nous transformer mutuellement en monstres maléfiques, dit Abby.

— Affreux et méchants, renchérit Cléo.

— Couverts de verrues, dit Abby.

— Avec des genoux difformes, ajoute Cléo.

— Et des narines qui crachent le feu, dit Abby.

Elles se mettent à rigoler.

— Abby et Cléo ont toutes les deux un bon sens de l'humour, dit Rébecca à grand-maman Emma. Et elles ont fait un excellent travail ensemble.

— Merci, dit grand-maman Emma.

— J'ai une idée pour votre prochaine collaboration. Pourquoi ne raconteriez-vous pas comment vous êtes devenues amies? suggère Rébecca aux deux filles.

— Peut-être, dit Abby avec une légère hésitation en regardant Cléo.

— On pourrait travailler à l'ordinateur, propose celle-ci en rajustant ses lunettes. On pourrait s'envoyer le texte par courriel.

— Ce serait amusant! dit Abby.

* * *

Lorsqu'ils quittent l'atelier, Rébecca remet aux participants un exemplaire d'un de ses livres, avec une dédicace.

— Au revoir! lui disent Cléo et Abby. Merci d'avoir animé cet atelier sur la création de livres! Nous avons adoré ça!

— Au revoir! lance Abby à Mira.

Elle voudrait en dire davantage, mais elle ne sait pas quoi. Lui souhaiter d'être heureuse? Lui dire qu'elle espère la revoir un de ces jours? Il est plus que probable qu'elles ne se reverront jamais.

Au moins, Cléo et elle ne se détestent plus.

Grand-maman Emma déverrouille les portières de sa voiture. Les filles se glissent sur la banquette arrière.

— J'ai une petite course à faire, dit grand-maman Emma. Je n'en ai pas pour longtemps. Je peux vous laisser ici un moment?

— Bien sûr! répond Cléo.

Les deux filles ouvrent les livres que Rébecca leur a remis pour lire ce qu'elle y a écrit.

La dédicace à Abby se lit comme suit : « Je ne vous oublierai jamais, ni toi ni ta cousine! Bonne chance dans tes projets d'écriture! »

Celle à Cléo dit : « Abby et toi êtes inoubliables! Ne perds jamais ton sens de l'humour! »

— J'ai le sens de l'humour, moi aussi, proteste Abby. Pourquoi n'a-t-elle pas écrit ça, dans ma dédicace?

— Et moi, j'aime écrire, dit Cléo.

— Bon, bon! dit Abby.

— Ouais! renchérit Cléo.

Elle referme le livre et pousse un soupir.

— J'aimerais qu'on puisse rester une autre semaine avec grand-maman Emma et Rébecca, dit-elle. Et avec Mira, aussi.

— Moi aussi, dit Abby. Mais je m'ennuie de ma famille.

— Mes parents passent leur temps à donner des conférences ou à assister à des congrès, dit Cléo. Ils sont toujours en voyage. Je voudrais tellement avoir une famille sympa et normale, comme la tienne.

— Sympa? Normale? répète Abby. Tu devrais passer une semaine avec les jumelles. De vraies tornades!

— Des tornades? Tes sœurs? Ne sont-elles pas des super étoiles?

— Des super étoiles de la chicane, oui! Tyranniques, avec ça!

Cléo fait un petit signe de compréhension.

— Je détesterais ça. Mais je n'aime pas être enfant unique. On finit par s'ennuyer.

— C'est ce que disait ma meilleure amie Jessica. Elle aussi est enfant unique. Mais là, elle vit avec son père et sa belle-famille.

Et Abby se surprend à confier à Cléo tout ce qui concerne Jessica et son séjour prolongé en Oregon.

— Ce doit être difficile pour toi de perdre ta

meilleure amie, dit Cléo. Mais moi aussi, comme Jessica, je souhaiterais avoir une famille instantanée.

— Je peux partager la mienne avec toi, offre Abby. Si tu arrives à endurer mes sœurs.

Chapitre 12

Samedi

L'étonnement est le commencement
de la sagesse.

**Calendrier des gouttes
de rosée de l'éternité**

<u>Les sujets d'étonnement d'Abby</u> :

1. Comment Cléo et moi avons-nous pu passer aussi rapidement du statut d'ennemies à celui d'amies?

2. Au fait, pourquoi étions-nous ennemies?

3. Comment ai-je pu ne pas m'en apercevoir? C'est vrai qu'elle est <u>super</u>, Cléo!

4. Et elle, pourquoi est-ce qu'elle ne m'aimait pas? (Maintenant, elle me trouve super, elle aussi!)

5. Pourquoi avons-nous perdu la majeure partie de la semaine à nous chamailler??

6. Combien nous serions-nous amusées si nous avions été amies dès le début?

Ça en fait des sujets d'étonnement, tout ça! Je dois être en train de devenir très sage.

C'est mon anniversaire, aujourd'hui! Hourra! Grand-maman Emma a promis de nous emmener magasiner, ce matin!

— C'est l'heure de dîner, annonce grand-maman Emma en regardant sa montre. Qui veut manger une pizza d'anniversaire?

— Moi! répondent les deux cousines, à l'unisson.

Cela fait trois heures qu'elles traînent dans les magasins. Abby a reçu deux nouveaux calendriers de la part de sa grand-mère. Elle a aussi un sac à main neuf et des barrettes mauves. Alex, Éva et Isabelle lui ont envoyé un certificat cadeau à dépenser dans une papeterie, avec lequel elle a acheté des enveloppes arc-en-ciel et un ensemble de stylos gel.

— Tu vois? dit Cléo. C'est épatant d'avoir des sœurs et un frère.

— Oui, quelquefois, admet Abby.

Avec son propre argent, Abby s'est procuré un porte-clés miniature en forme de calepin – un véritable calepin muni de vraies pages.

— Mais c'est si minuscule qu'il faudrait que je sois un membre du *Petit monde des Emprunteurs* pour écrire dedans, dit Abby.

— Je les ai vus, ces films-là, s'écrie Cléo. Ils sont

formidables!

— J'aimerais que les Emprunteurs existent pour de vrai, dit Abby. Est-ce que ce ne serait pas amusant si des êtres miniatures vivaient ainsi dans nos maisons?

— On pourrait leur envoyer des messages, dit Cléo. Ou les mettre dans nos poches et les emmener à l'école.

— Ils m'aideraient à faire mes devoirs de maths, dit Abby.

Grand-maman Emma ouvre la porte de la pizzeria.

— Par ici, les filles, dit-elle en les entraînant vers l'arrière.

Une personne à l'allure familière s'entretient avec la serveuse. Elle est assise à une table couverte de paquets enveloppés de papier brillant. Des ballons sont attachés aux chaises.

— Mira! s'écrie Abby.

— Pourquoi est-elle ici? demande Cléo.

— Il doit s'agir d'une fête, conclut grand-maman Emma.

Mira se lève. Un grand sourire illumine son visage.

— Bon anniversaire, Abby! dit-elle.

— Bon anniversaire! s'écrie Cléo. Surprise!

Grand-maman Emma sort un appareil photo de son sac et croque la scène d'un petit déclic.

— Bon anniversaire à une merveilleuse petite-fille! dit-elle.

Abby est tellement émue qu'elle en a perdu le souffle.

— Grand-maman Emma a tout organisé hier, après

le thé littéraire, dit Cléo à Abby. Pendant que nous l'attendions dans la voiture.

Grand-maman Emma abaisse son appareil photo.

— Cléo m'a dit qui inviter, dit-elle.

— Moi! dit Mira.

— Es-tu surprise? demande Cléo.

Abby fait oui de la tête, encore incapable de prononcer un seul mot.

— Et alors, qu'est-ce que notre jeune artiste voudrait manger pour dîner? demande grand-maman Emma. À part la pizza, bien sûr.

— Des bâtonnets de mozzarella, dit Abby, et un verre de racinette avec une boule de crème glacée dedans.

— Et toi, Mira?

— Est-ce que je pourrais avoir un lait fouetté au chocolat, s'il vous plaît?

— De la limonade, pour moi, dit Cléo. Et des frites.

Abby rayonne de bonheur tandis qu'elles attendent leurs plats. Que pourrait-elle demander de plus?

— Tu aurais dû voir ton expression quand Mira t'a souhaité bon anniversaire! lui dit Cléo.

— Je l'ai immortalisée, grâce à ceci, dit grand-maman Emma en désignant son appareil photo.

Elle se lève et prend d'autres clichés des trois filles.

— N'oublie pas tes cadeaux, dit Mira en glissant vers Abby un joli paquet enveloppé de papier aux couleurs vives.

Abby le soulève.

— Qu'est-ce que c'est? demande-t-elle. Animal, végétal ou minéral?

— Ouvre-le! la presse Cléo.

C'est un ensemble de papier à lettres. Quelques enveloppes portent déjà le nom et l'adresse complète de Mira, du numéro de rue au code postal.

— J'espère que tu vas m'écrire, dit Mira timidement, les yeux baissés vers la table. On pourrait même se rendre visite, un jour.

— Oui! s'écrie Abby. J'espère qu'on le fera!

Mira paraît contente.

— Le mien, maintenant! dit Cléo en lui tendant un paquet plat, enveloppé dans du papier mauve.

— Tu m'as acheté un cadeau?

Cléo paraît embarrassée.

— Bien sûr, marmonne-t-elle. Pourquoi pas?

Abby le développe avec précaution. C'est un cahier mauve flambant neuf.

— Je l'*adore*! s'écrie Abby.

— Tu écris tellement que je me suis dit que tu aurais bientôt besoin d'un nouveau cahier, explique Cléo. C'était soit ça, soit un ordinateur portable, ajoute-t-elle avec un sourire.

Abby a envie d'embrasser Cléo, mais elle hésite. Est-ce qu'elles ne se détestaient pas il y a seulement quelques jours?

Soudain, elle bondit sur ses pieds et se jette au cou de sa cousine.

— C'est un des plus beaux anniversaires que j'aie jamais eus! affirme-t-elle.

Chapitre 13

Dimanche matin

Toute bonne chose
a une fin.

Calendrier des cercles
et des spirales

Le faut-il absolument?

Les choses (pour la plupart
bonnes*) qui ont une fin :

1. J'ai pris l'avion toute seule
2. J'ai fait la connaissance de Cléo
3. J'ai détesté Cléo (*ne compte pas parmi les bonnes)
4. J'ai participé à un atelier art et culture avec Cléo
5. J'ai écrit et illustré une histoire
6. J'ai cessé de détester Cléo
7. Je me suis liée d'amitié avec Mira
8. J'ai lu un livre pendant le thé littéraire

9. Je suis devenue l'amie de Cléo

10. J'ai eu une fête surprise avec grand-maman Emma, Mira et Cléo pour mon anniversaire.

Les événements de la semaine dernière pourraient remplir une année complète. Mais ils ont filé comme une seule petite minute.

Je ne peux pas croire que la semaine soit terminée! Je voudrais qu'elle dure toujours!!!
Snif-snif! Snif-snif! SNIF-SNIF!

J'ai manqué de temps pour bien connaître Cléo.

Je veux lire son roman et discuter d'écriture avec elle.

Un roman par Cléo Wayne

Je veux tout savoir sur les pièces de théâtre dans lesquelles elle joue. Je parie qu'elle est meilleure que Brianna!

(Et si je pouvais en savoir plus sur Mira aussi, ce serait formidable! J'espère qu'elle et moi pourrons bientôt planifier une visite l'une chez l'autre.)

Vêtue du vieux peignoir bleu de grand-maman Emma, Cléo entre dans la chambre qu'elle partage avec Abby. Elle a enroulé une serviette orange autour de sa tête. Elle sent le shampoing et le savon à la lavande de grand-maman Emma.

— Arrête d'écrire et commence à faire tes bagages, dit-elle à Abby. Grand-maman Emma me conduit au terminus d'autobus dans 45 minutes. Et ensuite, elle t'emmène à l'aéroport.

— J'ai déjà bouclé ma valise, dit Abby. Est-ce que tu t'en vas habillée comme ça? Avec le peignoir et la serviette?

— Je voudrais bien, dit Cléo en souriant. Il me manque seulement des pantoufles.

Elle soulève sa vieille valise verte, la dépose sur le lit et l'ouvre.

Abby referme son journal et s'appuie sur l'oreiller.

— Tu te rappelles le premier soir où on a dormi ici? demande-t-elle. Tu as lancé tous tes vêtements dans le tiroir pour finir ton rangement la première. J'étais tellement fâchée!

— Et moi, ça me tapait sur les nerfs de te voir toujours gagner la course à la douche! dit Cléo en enfilant un short rayé et un débardeur.

— Des années d'entraînement contre deux sœurs aînées, explique Abby avec un petit sourire narquois.

— Pas besoin de prendre cet air supérieur! crie Cléo en lui lançant un oreiller.

— L'air supérieur, moi? répond Abby en renvoyant l'oreiller à sa cousine. C'est toi qui tiens ton journal sur un ordinateur portable!

— J'échangerais bien mon portable contre tes sœurs! dit Cléo.

— Marché conclu! répond Abby.

Les deux cousines éclatent de rire.

Grand-maman Emma frappe à la porte.

— Départ dans 20 minutes! annonce-t-elle.

Grand-maman Emma, Cléo et Abby attendent, assises sur un banc du terminus.

— Écris ton adresse et ton numéro de téléphone au dos de mon journal, dit Abby à Cléo. Et ton adresse électronique, bien sûr.

Elle tend son journal à sa cousine. Un bout de papier s'en échappe et tombe par terre.

— Est-ce que c'est une lettre d'amour de ton *copain* Casey? la taquine Cléo.

Abby lui fait une grimace.

— Ouache! Non! répond-elle en ramassant le papier. Ce sont les prédictions de voyage que j'ai écrites dans la classe de Mme Élisabeth avant la semaine de relâche.

— Des prédictions de voyage? répète Cléo.

Abby déplie le papier et se met à lire :

— « De grandes choses attendent ceux qui voyagent. Les voyages permettent des retrouvailles entre vieux amis et membres de la parenté. De longs voyages portent chance. Une mystérieuse cousine changera votre vie. »

— Tiens, c'est moi, ça? demande Cléo.

Abby fait oui de la tête.

— On dirait bien que tes prédictions se sont réalisées, commente grand-maman Emma.

— Ce voyage a bel et bien porté chance, dit Cléo. Pas vrai?

— Oui! s'écrie Abby.

L'autobus arrive.

— Tu as ton billet? demande grand-maman Emma à Cléo. Et les grignotines et les boissons? Et de l'argent en cas d'urgence?

— Oui, répond Cléo avec un signe de tête.

Grand-maman Emma dit au revoir à Cléo en la serrant dans ses bras.

Abby arrache une feuille de son journal, y griffonne quelques mots et la tend à Cléo.

— Tiens, une prédiction en guise d'au revoir, lui dit-elle.

— « L'inconnu te fait signe », lit Cléo, qui jette les mains en l'air d'un geste dramatique. L'inconnu m'appelle!

— Moi aussi, je vais t'appeler, dit Abby. Et n'oublie pas le livre qu'on va écrire ensemble.

Abby et Cléo se jettent dans les bras l'une de l'autre. Puis Cléo prend sa valise et fait la queue. Elle tend son billet au chauffeur et monte dans l'autobus.

Grand-maman Emma et Abby sont à l'aéroport, juste en dehors de l'aire de sécurité.

— Vous allez me manquer, Cléo et toi, dit grand-maman Emma. J'ai passé une semaine merveilleuse.

— Je l'ai adorée, dit Abby. Enfin, la majeure partie du temps.

— Je suis heureuse que vous vous soyez liées d'amitié, ta cousine et toi.

— Il s'en est fallu de peu, dit Abby. On a bien failli passer à côté.

— Oui, mais ça y est, maintenant, dit sa grand-mère en souriant.

— Merci pour tout, dit Abby en l'embrassant. Merci pour l'atelier art et culture, pour la fête surprise, pour les calendriers, pour les crêpes. Merci de m'avoir accueillie chez toi.

— Au revoir! dit sa grand-mère en saluant de la main, tandis qu'Abby passe au contrôle de sécurité. Je t'aime.

L'avion a décollé et survole maintenant le nuages.

Abby ouvre son sac à dos. Elle y a mis une bouteille d'eau, un paquet de carrés au chocolat de grand-maman Emma enveloppés dans du papier d'aluminium, le papier à lettres que lui a offert Mira, des stylos gel et ses deux journaux mauves, l'ancien et le nouveau.

Elle se demande l'effet que cela lui fera de rentrer chez elle.

Elle est désormais une nouvelle personne. Elle s'est fait de nouvelles amies et a vécu de nouvelles expériences.

Sa famille va-t-elle remarquer qu'elle a changé? Et ses amis?

Est-ce qu'Abby voudra passer plus de temps avec Nathalie et Béthanie? Aura-t-elle envie de faire des activités avec Casey et les garçons? Ou se présentera-t-il quelqu'un de nouveau avec qui partager ses moments de loisirs?

Elle n'en sait rien. La prédiction de voyage qu'elle a donnée à Cléo s'applique à elle, également.

— L'inconnu me fait signe, murmure Abby.

Elle ouvre son nouveau journal mauve, prend un stylo et commence à écrire.